Un amour de Parpot

DU MEME AUTEUR :

SIGNÉ PARPOT, Climats, 1994.

Alain Monnier

UN AMOUR DE PARPOT

CLIMATS
1996

470 chemin des Pins
34170 Castelnau-le-Lez

Monsieur Jean Loup Lavalière
Domaine de Lastours 31890 ST ORENS DE GAMEVILLE
à

Monsieur Bertrand de Pellepoix
Ministère des Affaires Intérieures
Place Beauvau-75700 PARIS

01 Octobre 1996

Monsieur le Chef de Cabinet et Cher Ami,

Je sais le nombre de lettres de recommandation, qui envahissent chaque jour votre Cabinet, et les ruses que vous devez inventer pour ne point vexer, à défaut d'avoir le privilège permanent de satisfaire.

Moi-même, lors de mon passage à la Marine, au service de l'Amiral Destrumelles, j'ai dû me plier à cet exercice parfois pénible, aussi ne vous ai-je jamais, en trois ans, demandé l'ombre d'une faveur.

Aujourd'hui, je me permets de vous présenter le cas de Mlle Chauvière dont vous trouverez le curriculum vitae ci-joint, à la demande de notre Ami commun qui n'a pas souhaité, par l'un de ces sombres mystères qu'il cultive autour de sa personne, s'en ouvrir directement auprès de vous.

La situation médicale et sociale de Mlle Chauvière est grave, et son intégration à l'un des postes du Quota du Ministère serait, sans nul doute, un geste de grande charité.

Notre Ami n'a pas hésité à me dire combien il se sentirait obligé si vous pouviez lui rendre ce service. Je n'ai pas su deviner s'il réglait ainsi une dette d'honneur, ou s'il manigançait l'un de ces guets-apens dont il a le secret. Mais cela, en vérité, importe peu.

Comptant sur votre bienveillance et sur votre sens du devoir,

Je vous prie de recevoir, Monsieur le Chef de Cabinet et Cher Ami, l'expression de mes sentiments dévoués.

Jean Loup LAVALIERE

CAHIER D'ELSA CHAUVIERE

Ouhaou, ça y est, ça me reprend comme chaque fois que je reçois une bonne nouvelle. L apostrophe me file entre les doigts, c est fou mais depuis l accident, je maîtrise plus. Et même dans les grandes joies ce sont les lettres seules qui ypassent. Alors avec mon embauche qui se profile au Ministère, les deux lettres nont quà bien setenir sinon même moi jevais avoir dumal àme relire. Pause.

Inspiration/Expiration.

Inspiration/Expiration.

Ça revient. Heureusement car avec tout ce que j écris, si je peux pas me relire, je vais souffrir. Encore un peu de calme.

Inspiration/Expiration.

Extraordinaire, un fonctionnaire du Ministère, un certain Monsieur Durand, est venu me rendre visite. En cravate et costume gris clair, avec un ton poli, extrêmement courtois, de toutes évidences quelqu'un d'important. Il m'a demandé si j'étais bien Elsa Chauvière, sans « s » à la fin, 28 ans, 3 rue Pernety 75014 Paris, célibataire, sans enfant. Ai acquiescé en montrant la plaque de la porte. Il a eu l'air satisfait. Ensuite il n'a employé que des formules de circonstances, sans laisser percer la moindre promesse, mais s ils ont déplacé quelqu un, c est bon signe. En général, ils ont tendance à communiquer par formulaire photocopié. Gardons la tête droite, sinon la déception sera trop grande.

Depuis deux ans que j'attends ça. La première fois où l'idée m'est venue, j'étais encore à Bagnères, au milieu des poulies, avec l'eunuque qui criait derrière moi « Poussez » puis « Tirez ». À la carabine et sur lui, si j'avais pu. Je mordais mes lèvres pour retenir mes cris. Des siècles sont passés ainsi. Les séances duraient des après-midi sans fin. Je vivais collée contre le Skaï vert des tables de souffrance, sous le regard ennuyé des kinés qui ne s'intéressaient qu'à leur prochain week-end. J'ai fait des centaines de prières pour qu'ils s'écrasent en VTT au fond d'un ravin, et qu'ils se retrouvent le lundi suivant sur la table voisine de la mienne. Juste pour apercevoir l'étonnement de leur regard !

Mon genou ne pliait que d'un degré de plus, au bout d'une semaine, parfois de deux, alors qu'il y avait plus de quatre-vingt-dix degrés à récupérer. Ceux dont la tête avait été épargnée, souffraient davantage, mais récupéraient plus vite. Moi rien qu'à me concentrer sur le sens du mouvement, je suais déjà à grosses gouttes, et les moindres réflexions grivoises de ces abrutis anéantissaient mes efforts. Ils n'en rataient pas une seule, sous prétexte que je restais mignonne. Les plus laids, les plus frustrés venaient parfois appuyer avec leur épaule sur mon tibia, pour m'aider à pousser, histoire de poser leurs sales mains sur mes fesses. La grand-mère qui était chaque après-midi allongée à mes côtés, avec un regard de détresse animale, ne subissait pas ces outrages remboursés par la Sécurité Sociale. Seulement quelques grossières interpellations, criées du fond de la salle.

À mes grognements hargneux, et pour venger leurs échecs de mal baisés, ils ajoutaient un coup plus violent qui m'arrachait un hurlement de douleur, puis une remarque méprisante sur mon manque de courage. Je les haïssais eux et leur morale, eux et leur souffrance rédemptrice. Bardés de leur diplôme de rugbyman, ils s'autorisaient à expliquer le sens de la vie à la quinzaine de brisés, allongés devant eux, à leur merci : tout un ramassis de pensées de hall de gare et de maximes de PMU ânonnées sur le ton du paternalisme.

Qu ils se taisent !

Maisqu ils setaisent donc. J aurais voulu les tuer. Tous. Un par un. Leur faire avaler leur VTT avec les roues.

J avais dit que je n y repenserais pas jusqu à ce soir. Difficile mais je dois y arriver. Je dois y arriver. Je dois oublier Bagnères. Oublier Bagnères. Définitivement.

Barthélémy Parpot
19 avenue de Verdun – 92000 NANTERRE
à

Ministère des Affaires Intérieures
Place Beauvau – 75700 PARIS

le 09 Octobre 1996

Monsieur le Ministre,

Il n'est pas dans mon habitude de me plaindre même si parfois la vie est difficile malgré les aides gouvernementales qui sont bien utiles. On a un beau pays honorable et bien administré avec des gens compétents tels que vous-même, et il faudrait être bien ingrat pour ne pas accepter les petites choses qui vont pas, même quand ce sont des choses graves.

Moi j'ai un travail dans votre Ministère, ce qui est exceptionnel de nos jours, voire inespéré puisque je fais partie du contingent de handicapés à insérer obligatoirement jusqu'à 3 % des effectifs. Au-dessus des 3 %, il paraît qu'on peut être nous-mêmes un handicap pour le service qui nous emploie, alors ils sont scrupuleux sur le quota à ne pas dépasser. Surtout que tout le monde sait bien qu'il y a des handicapés dissimulés dans les effectifs normaux hors quota mais je ne veux pas faire de la délation, même si des fois ça mériterait.

Les handicapés du quota sont comme vous le savez, des aveugles, des paraplégiques, des muets, et des autres, mais tous accidentels ou de naissance, car il faut être vigilant avec le manque de travail et le chômage, pour pas que des gens se donnent des handicaps juste pour avoir l'allocation et l'emploi au Ministère. Dans le quota, les insuffisants d'esprit sont rares, et moi j'ai été très appuyé pour en être, mais je peux pas trop le dire à cause de tous les jaloux qui rôdent devant les portes en ce moment. En fait, j'ai eu deux malchances qui m'ont donné un grand coup de chance, comme en mathématiques, en quatrième, quand « moins » par « moins », ça fait « plus ». Mais il faut surtout que vous sachiez que je suis un insuffisant d'esprit très léger et que j'ai moins la perturbation de la tête que ceux qui sont censés n'avoir que des problèmes physiques. C'est d'ailleurs moi qui ai été nommé Chef des Handicapés du Quota, et pas un autre, parce que la Direction s'attache à bien faire les affectations, et qu'il n'y a pas de muets au standard, ou d'aveugles chez les coursiers. Il faut le dire parce que souvent on entend les gens qui parlent de ce qui va pas alors il faut aussi dire ce qui est bien fait comme dans le Ministère qui peut être cité en exemple sur la place publique Beauvau.

Moi comme j'ai déjà eu beaucoup de chance, je me dis que je peux rien demander de plus même si en réalité tout ne va pas comme ça devrait et que j'ai la souffrance qui me remue la tête toutes les nuits. Ici bien sûr, avec la bande d'éclopés qui m'entoure, je peux pas me plaindre, mais pourtant le soir, dans le HLM, seul devant ma télévision, avec un téléphone qui sonne jamais, je me demande à quoi bon, et je trouve jamais de réponse. Avant je faisais semblant mais maintenant j'ai du mal à croire les histoires que je me raconte pour me rassurer tellement ma solitude a pris mon dessus. J'entends le silence qui m'entoure. Dans mon appartement aucun objet ne se déplace seul comme dans les autres maisons. Des fois je laisse mes gants sur le bord de ma commode, je les observe, mais je pourrais attendre des mois et aussi des années, qu'ils seraient encore là, pareil exactement, et ça me donne des larmes dans les yeux.

Voilà, Monsieur le Ministre, ce serait bien le moment de vous demander la chose pour laquelle je vous écris mais je sens que ma lettre est déjà trop longue, et qu'occupé comme vous l'êtes, vous ne pouvez pas lire les lettres trop longues, ce qui est bien normal. Aussi il vaut mieux que je m'arrête et que je vous écrive à nouveau dans quelques jours car je ne vous cache pas que ce que j'ai à vous demander, est plutôt assez gênant et un peu particulier.

Dans l'attente et pour ce soir, je vous prie de bien vouloir agréer, Monsieur le Ministre, l'expression de mon plus extrême dévouement.

Barthélémy Parpot.

CAHIER D'ELSA CHAUVIERE

Au Centre de Rééducation, tous ont pensé à se jeter par la fenêtre. Au moins une fois. Aucun ne l'a fait. Sais pas pourquoi. Instinct de vie ou peur du néant ? Lâcheté tout simplement. Si on a pas le courage d'en finir, on doit accepter sans se plaindre.

Peut-être y a-t-il toujours l'espoir malgré tout ? Contre tout. Contre le neurologue qui agite vos radios à bout de bras, comme des maracas, pour vous montrer au travers d'une tache plus grise que les autres, que tout se joue là justement. Votre vie, votre malheur. À cause de ce gris foncé. Lui il repartira content, retrouver une maîtresse ou dîner avec des amis. Le gris souris ou le gris anthracite, il s'en fout. La consultation coûte 420 F. Et à cause du verdict de ce pantin à 420 F, il faudrait arrêter de croire ? Hémiplégie droite stade deux et colonne vertébrale légèrement touchée, a-t-il énoncé. Pourtant il vous revient en mémoire ce beau reportage sur Lourdes ou ce merveilleux film de Steven Spielberg avec cette jolie fin ou le nom de ce fameux guérisseur de Corrèze. Ce sont les mêmes choses.

Moi, ils m'ont dit qu'il y avait l'espoir de récupérer à condition que j'aie la volonté de me battre. La volonté de combattre, je l'ai viscéralement nouée en moi. Suis pas sûre qu'on parle de la même. Pour le reste on compte les degrés de rotation gagnés en tous sens. Ceux du cou, ceux du genou, ceux des yeux... À croire qu'on est qu'une machine à tourner en rond.

Je veux retrouver la vie normale !

À l'hosto, les vieux me rappelaient sans cesse avec gourmandise que je n'avais que vingt-cinq ans. Comme si c'était un antidote à la chair déchirée et aux os broyés. D'autant que ces radoteurs, à vingt ans, ils couraient dans les champs et embrassaient les filles. Sinon ils n'auraient pas ces souvenirs qui leur arrachent les larmes et ils sortiraient pas des imbécillités pareilles.

Tous les mois, je regagne le CHU et sa nouvelle machine à

mesurer mes progrès. Le test de Parkin-Alter, ça s'appelle. C'est comme un jeu vidéo, une sinusoïde verte, une autre rouge. On les superpose sur les premières périodes, puis elles divergent. Tant qu'il y aura des écarts, ça ira. Qu'il se passe trois mois sans évolution, et ce sera la fin. La vraie. À quoi bon se mentir, à chaque contrôle, c est huit jours dangoisse sans dormir. Loral du bac puissance mille. Peux pas en parler sans disjoncter les lettres seules.

Me calmer. Respirer. Et lui le spécialiste, docte et posé, examine tout ça avec autant d'intérêt que la carte IGN de Tanzanie Orientale. Je le hais mais je peux pas mener tous les combats. Il y en a un d'abord, un sur lequel je dois concentrer toutes mes énergies. Ensuite, on verra.

Barthélémy Parpot
19 avenue de Verdun – 92000 NANTERRE
à

Ministère des Affaires Intérieures
Place Beauvau – 75700 PARIS

le 13 Octobre 1996

Cher Monsieur le Ministre,

Je poursuis ma lettre de la dernière fois comme je vous l'avais promis, et bien que je sois sûr que vous vous souvenez de mon histoire tellement la presse en avait parlé à l'époque, je tiens à vous la rappeler parce que mon professeur de français (je suis de niveau terminale moins deux, et cours du CNAM) disait toujours d'exposer le sujet avant de faire les commentaires et les demandes.

Donc il me faut vous dire que jusqu'à trente ans et plus, j'étais au RMI et dans la rue où il fait froid et faim, et que j'y serais encore sans la malchance d'avoir été victime d'une erreur policière qui m'a envoyé quinze jours en prison à Toulouse. L'avantage de l'erreur policière, c'est qu'à la sortie de prison, à cause des remords, ils vous mettent entre les mains d'Annette, l'assistante sociale des Pradettes, et aussi en position prioritaire pour la consultation gratuite de psychologie du dispensaire de St Cyprien. J'y suis allé très souvent, et j'ai fait plein de progrès sur les sujets de la vie. J'ai appris par exemple qu'un amour de Novembre 90 peut très bien ne plus être celui de Novembre 93, que vous n'êtes pas forcément l'homme de la vie des femmes de votre vie, que le monde du travail a des lois comme de se lever tous les matins à 7h du matin, ou qu'on doit attendre plus de soi que des autres. À ce sujet, Annette et le psychologue voulaient que j'arrête d'écrire à tout le monde et à tort et à travers, mais il n'y a pas de plaisir à tout garder pour soi. Je leur écris donc encore, et aussi au Père Dom Clément qui m'avait bien aidé, et à d'autres quand le besoin se présente comme aujourd'hui par exemple. Je regrette surtout de ne pas recevoir plus de réponses, mais je sais que c'est parce qu'on doit pas trop attendre des autres même si ce serait plus pratique pour la vie. Au bout des trois mois réglementaires, Annette m'a conseillé de couper avec Toulouse et mon passé et les amours impossibles, et d'aller à Paris où vivait mon frère, et où elle m'avait trouvé un stage AFPA de manutentionnaire. « Ça fera de l'air », elle me disait tout le temps, car je la voyais tout le temps avec ses deux enfants et son sympathique mari, même les jours fériés.

Je suis arrivé à Paris dans un Centre exprès pour ceux qui arrivent à Paris, car mon frère Mathieu qui vit à Aubervilliers et qui venait de se marier avec ma belle-sœur, ne pouvait pas m'héberger à cause justement de ma belle-sœur. C'est là que s'est produit la deuxième malchance dont a parlé la presse parce que deux jours à peine après mon arrivée, je me suis fait coincer sous une porte cochère, rue Vaugirard, par une cohorte de CRS très en colère. Deux d'entre eux m'ont entrepris sans se rendre compte qu'avec mon mètre soixante, mes cheveux longs et mon teint blême, je n'avais rien à voir avec les furieux éleveurs beaucerons qui déversaient du purin sur la chaussée. Une pluie de matraques m'est tombée sur le crâne sans que je puisse dire que j'étais pas celui qu'il croyait. Par chance, parce que sans elle rien de bien ne peut se produire dans la triste vie, au balcon de la rue Vaugirard, il y avait le monsieur des Droits de l'Homme qui a vu la scène et qui est descendu me ramasser, même que j'ai taché son costume Cerruti avec mon sang. Je dis Cerruti parce qu'il m'en a parlé plus tard et que ça avait l'air important pour lui. Il m'a proposé l'appui de son association, même que c'était le Président, le concours d'un avocat international, et des aides à la Cour de la Haie de Hollande. J'étais dans un tel état que j'ai tout accepté sans comprendre surtout pour qu'il arrête de parler car ses mots résonnaient sous mon crâne comme autant de coups de matraque. Le soir à l'hôpital, quand j'ai raconté mon aventure à mon frère et à ma belle-sœur, ils ont été contents de soulagement. Ensuite il s'est passé quelque chose que j'ai pas le droit de dire, un truc genre Cendrillon, Orphée et les autres, que si vous le dites tout s'arrête. Bref j'ai passé des tests où tous les experts de la tête ont déclaré que les coups de matraque m'avaient détraqué le cerveau. Le Chef de Cabinet en personne a alors appelé ma seule famille qui est mon frère Mathieu, pour lui proposer un déménagement à l'amiable : un poste à vie pour moi avec l'échelon de la grille spécial pour pas être viré même si vous le méritez, et aussi un appartement HLM à vie gratuit pour compenser la fois de Toulouse. Vu ce que j'ai pas le droit de dire, il a accepté aussitôt, surtout que le pauvre s'était fait à l'idée d'avoir un chômeur à entretenir durant les vingt ans à venir et qu'il a senti comme un énorme soulagement genre Libération de Paris par le Général Leclerc, je prends cet exemple parce que j'ai rencontré la nièce de la Maréchale une fois au Noël du personnel mais ça n'a rien à voir. L'avocat a râlé parce qu'on aurait pu avoir plus, il était surtout en colère de n'avoir pas pu plaider. Le Président a demandé à mon frère de le dédommager au sujet du costume Cerruti. Mathieu a accepté sans savoir combien ça coûtait, après il a refusé et le Président a failli nous faire un procès, mais le Chef de Cabinet qui était dans notre camp depuis l'arrangement, a calmé le feu.

Mais les lignes s'accumulent et je vois, Monsieur le Ministre, que ma lettre est déjà trop longue d'autant que dans le Ministère, on dit que les lettres de plus de trois pages vous donnent la migraine, ce que je ne crois pas. Mais enfin pour le cas où ce serait vrai et pour ne pas importuner davantage votre patience, je préfère reporter à la prochaine fois ma demande qui est délicate à exposer et qui nécessite une lecture compréhensive, détendue et indulgente de votre part.

C'est pourquoi et au plus vite, je vous prie d'agréer mes hommages les plus dévoués.

Barthélémy Parpot

CAHIER D'ELSA CHAUVIERE

Le plus difficile.

Mon plus difficile a été le retour at home.

Aux urgences, à l'hôpital, à la rééducation, je rêvais de revenir chez moi, où tout serait forcément comme avant.

Mes valises, prêtes huit semaines à l'avance, avaient subi deux terribles ajournements. Puis le jour avait été là. L'ambulance devant la porte était la mienne. Pas celle des autres, pas celle du transfert pour les radios de contrôle. Non, mon carrosse, ma délivrance. En quittant le Centre, j'ai eu un premier pincement incompréhensible. Quelques copains s'étaient postés le long de l'allée, sur leur fauteuil, et m'avaient adressé un signe d'encouragement de la main, en dissimulant quelques larmes.

Chez mes parents, tout s'est déclenché très vite. Ça a été fulgurant, évident, accablant. J'étais une handicapée. À vie. Comme on en voit dans la rue, sauf que c'était réellement sur moi que c'était tombé. Des mois de souffrance horrible n'avaient pas su me convaincre, mais cette maison encore neuve, aussi inadaptée à mes infirmités que je l'étais à la vie heureuse et simple, cette maison, mon refuge depuis mon enfance, venait cruellement m'asséner les évidences. L'espoir n'était plus dans mon camp. Seules restaient, laides, hideuses, mes déformations, mes grimaces et mes inerties. J'ai pleuré. Pleuré de rage, pleuré de honte, pleuré de désespoir.

Mes pauvres parents debout sur les marches, m'attendaient, vieillis de dix ans, blanchis, ridés, les yeux emplis du gâchis de la vie. Tous leurs efforts pour leur petite fille unique, chérie, adorée, crissaient sous les roues de mon chariot. Ils voulaient faire bonne figure mais à soixante-cinq ans, ils n'avaient plus le courage. Que du découragement et le sentiment d'une immense injustice ! Ils avaient adhéré à des Associations de Victimes. Je leur avais hurlé que je voulais pas être une victime. Je devenais méchante. Ma mère restait enfermée dans la cuisine, étouffait des sanglots, prodiguait de l'aide à la tonne. Mon père baissait les yeux, fuyait sans cesse mon regard, désespéré de n'avoir rien pu faire pour protéger sa petite princesse. Il s'en voulait de n'avoir pas prévu une planche pour effacer les trois marches de l'entrée. L'eût-il placé que l'étroitesse de la porte de la cuisine l'eût bien vite trahi. Alors après huit jours de pleurs ininterrompus, trois visites du docteur de famille, après avoir vu et imaginé tous les plats que ma mère ne manquerait pas de me préparer chaque jour pour chasser une culpabilité que personne ne lui demandait d'endosser, après avoir senti les kilos qui s'accumuleraient sur ce fauteuil, et les vêtements de plus en plus confortables et de plus en plus laids que je mettrais… j'ai décidé de quitter la maison de mon enfance. Elle n'était plus vivable. De regagner Paris comme avant. Pour apprendre et me battre.

Suis partie fièrement sans me retourner. Il y a huit mois. Ai pas donné mon adresse. Veux être installée, avoir accompli ma mission. Alors seulement je leur écrirai de venir me voir. Leur montrerai que je suis pas une victime. Que les victimes sont ailleurs. Définitivement ailleurs.

Barthélémy Parpot
19 avenue de Verdun – 92000 NANTERRE
à

Ministère des Affaires Intérieures
Place Beauvau – 75700 PARIS

le 18 Octobre 1996

Cher Monsieur le Ministre,

C'est ma troisième lettre et je sais bien qu'il n'est plus question de reculer au sujet de la demande gênante que j'ai à vous faire. Je dois cependant vous dire que plus les jours passent agglutinés aux autres, moins j'ai l'espérance de briser la vie avec moi seul. J'ai déjà trente-sept ans, et je me rends compte que dans la vie, à part les parents, il n'y a personne pour vous soutenir, et que même si les voisins vous disent bonjour, ils vont pas vous aider vraiment quand vous avez des problèmes de l'intimité qui sont autrement plus graves que de vous garder le colis des Trois Suisses qui arrive toujours quand vous êtes au travail.

Je n'ai pas d'amis depuis que j'ai quitté Toulouse pour tirer un trait sur le passé, comme m'avait dit Annette, l'assistante sociale de la cité des Pradettes qui a aussi un DEUG de psycho. À Paris c'est pas facile de connaître les gens parce qu'ils ont pas le temps pour ça. J'ai bien essayé mais j'ai des difficultés à côtoyer, et réciproquement surtout. J'en suis à faire la prière que m'a apprise le Père Dom Clément sur « Marie-Pleine-de-Grâce », pour que la voisine à la jupe courte qui préfère monter cinq étages à pied plutôt que de s'enfermer dans la cabine d'ascenseur avec moi, n'ait plus d'allumettes à minuit et vienne m'en demander. Ce qui ne changerait finalement rien, vu que j'ai des plaques électriques et que la malchance est toujours ainsi accrochée à moi.

Voilà donc, Monsieur le Ministre, tout va très bien et depuis trois ans vous n'avez plus entendu parler de moi, seulement aujourd'hui je dois vous soumettre un problème qui m'angoisse de plus en plus et m'empêche d'avoir des nuits noires comme tout le monde.

Je voudrais savoir si étant dans les quotas pour le travail et pour le HLM, je pourrais pas être aussi dans un quota pour l'amour physique et affectif qui manque à ma vie. Parce qu'il est inutile d'avoir fait tout ça pour moi, si je peux pas profiter du vrai bonheur de la vie de l'homme. Je comprends bien que vous soyez discret sur le quota de l'amour, car je vois autour de moi tellement de besoin que si on dit que ça existe, ça va être l'envahissement. Surtout avec tous ces mécontents qui vont essayer d'en profiter pour changer, ce qui est inadmissible au point de vue du respect entre les gens engagés.

Mais pour moi, vu les jours de prison pour rien à Toulouse, et vu les coups de matraque qui m'ont empêché d'avoir des jeunes filles à mon bras et maintenant une épouse sérieuse, peut-être auriez-vous une possibilité ? Je me permets d'insister car le manque d'amour et la solitude quand on est seul et qu'on l'a pas choisi, sont des choses très graves qui font souffrir. Vous, entouré comme vous l'êtes, vous ne devez pas savoir à quel point il n'est pas donné à tous de faire la rencontre qui rend l'homme heureux. L'Egalité devant l'amour pour ceux qui sont dans les quotas, serait un beau thème de campagne électorale et vous seriez surpris de voir à quel point il y a de gens concernés même dans les hors quotas, mais sans doute ne voulez-vous pas faire des promesses impossibles, déjà que « Travail pour Tous » est un slogan encombrant, je devine que l'autre vous effraie aussi.

Je sais bien que votre Ministère a toujours su rendre la vie acceptable, et je vous remercie de tout cœur par avance, de votre bonté et de votre compréhension des problèmes humains et de tout ce que vous pourrez entreprendre pour moi.

Je vous prie de bien vouloir agréer, Monsieur le Ministre d'État, l'expression de ma reconnaissance éternelle.

Barthélémy Parpot

MINISTERE DES AFFAIRES INTERIEURES :

NOTE INTERNE	Le 21.10.1996
DE :	Monsieur Bertrand de Pellepoix Chef de Cabinet de Monsieur le Ministre d'État
À :	M. Hautecourt Directeur de la DPMQ

1-Je vous prie de trouver ci-joint copie des trois lettres que l'un de vos collaborateurs, M. Parpot, s'est permis d'adresser à Monsieur le Ministre. Je vous saurais gré de veiller à ce que ce genre d'élucubration ne se reproduise plus, d'autant que la pénible affaire Parpot est encore présente dans de nombreux esprits.

Il vous appartient de prendre au plus vite les mesures nécessaires, mais je tiens à vous rappeler que nous entrons en période électorale et qu'il serait malvenu que les médias fassent de nouveau de M. Parpot, comme en 1993 rue Vaugirard, une victime de notre administration.

Je vous remercie de traiter cette affaire avec tact et célérité.

2-Je vous avais par ailleurs adressé le 02 Octobre, le curriculum vitae de Mlle Chauvière que vous deviez présenter au recrutement de la Commission des Quotas, avec un dossier solide lui permettant de franchir avec succès cette sélection.

Je vous demande d'assurer impérativement et au plus tôt cette embauche dans le respect des procédures en vigueur.

Me tenir quotidiennement informé par note écrite de l'avancement de ce dossier.

* PJ : 3 lettres de M. Parpot

CAHIER D'ELSA CHAUVIERE

Chaque nuit, je marche, je cours, je dévale des escaliers, je crapahute sur des sentiers de randonnée. Et chaque matin je me réveille. Entravée et seule. Incroyablement seule.

Mes parents sont à des centaines de kilomètres. Mon Ex m'a abandonnée. Depuis longtemps. Sans attendre les prémisses de ma convalescence. Ce grand sensible ne supportait pas mes souffrances ! J'ai même eu mes valises livrées par un transporteur, dans ma chambre d'hôpital, en port dû, sans un mot, sans la bague de fiançailles dans le coffret. Comment ai-je pu vivre trois ans avec un type pareil ? Il n'est pourtant pas devenu le dernier des salauds en trois semaines. Je devais être aveugle, ou être comme lui. Qui saura ?

À l'hosto, ma voisine de lit avait son fiancé qui venait la voir chaque soir. Ils chuchotaient longuement. Il lui répétait toujours les mêmes choses. Ça l'encourageait, même si parfois elle le traitait mal, parce que les gens qui marchent, énervent un peu au début.

Elle progressait vite. Le docteur lui avait permis de prendre les béquilles et d'appuyer le pied. Chez moi, la consolidation traînait. Nous évitions le sujet. Nous ne parlions que de son fiancé et de sa peur de le perdre. De ce côté-là, j'étais bordée. Je ne vivais pas avec cette angoisse. Elle gambergeait. Pourquoi resterait-il ? Elle n'avait qu'un visage amoché à lui offrir. Un jour il partirait, elle en était persuadée. Moi je trouvais qu'il avait le visage bovin et attendri de quelqu'un qui ne sait pas partir. Ou plutôt qui ne peut pas l'envisager. Je ne sais pas ce qu'ils sont devenus. M'en moque.

Moi j'avais tout à recommencer comme à la marelle quand on vous renvoie au départ. Sauf que le parcours était devenu dix fois plus compliqué. Il y a des démarches terriblement difficiles pour qui ne marche pas. M'en suis plutôt bien sortie. Surtout si j'ai le boulot au Ministère des Affaires Intérieures ! Patience.

Pour l'instant, je vis au rez-de-chaussée d'un immeuble médicalisé. Paraît que c'est une chance énorme d'avoir décroché ça. C'est une façon de voir ! Chez moi, une rampe est fixée le long de chaque mur. Boutons pression dans chaque pièce. Même sur moi avec infra rouge. Différentes couleurs selon besoin. Relais téléphonique permanent avec un staff d'infirmières. Comme grande bourgeoise à la tête d une maisonnée de domestiques. Chaque matin, Georges, mon kiné, vient pour des séances de rééducation spécifique. Depuis deux mois, te pour rien. Mais il est gentli. Tuz pas inversion issua.

Expiration/Inspiration
Expiration/Inspiration

Après les trois mois d'hosto et les douze de rééduc, pour mobilité et motricité, ai eu la psycho-défaillance, la déprime. Paraît que ça fait partie du cursus normal. Le deuil, ça s'appelle. Deuil de ses jambes, deuil de ce qu'on aimait, deuil de la vie légère. Faut en passer par là. Ça vous tombe dessus dès que vous arrêtez de croire à Sainte Bernadette.

« Je vais vous remettre sur pied » a dit le psychiatre en parlant de ma tête. L'idiot ! Enfin je dois reconnaître que leurs pilules font des miracles. Trois mois après j'étais heureuse. Ensuite il a fallu arrêter les cachets à cause des effets secondaires sur ma sinusoïde rouge. Entre temps j'avais trouvé un excellent remède de substitution. Il s'appelait 2581 CQA 75.

MINISTERE DES AFFAIRES INTERIEURES :

NOTE INTERNE	22/10/1996
DE :	Monsieur Hautecourt, Directeur de la Division du Personnel, des Moyens et des Quotas.
À :	M. Parpot

Monsieur,

Votre lettre du 09.X.96 a ému Monsieur le Ministre qui m'a demandé d'examiner votre cas avec attention. Dorénavant il serait donc préférable que vous me communiquiez directement vos contrariétés.

J'ai pris connaissance du délicat problème qui vous occupe actuellement, et je suis prêt à réfléchir aux solutions qui pourraient vous être proposées.

Convenez cependant, cher Monsieur, qu'en matière de sentiments l'Administration ne peut plus être souveraine. Le cœur a ses raisons que l'Administration ignore.

Comme vous le pressentiez une politique de quota en matière d'amour conjugal ne peut exister, car elle serait obligatoirement en contradiction avec les Droits de l'Homme qui sont le fondement de notre Constitution.

En revanche, participer aux diverses activités de l'Association des Salariés pourrait constituer un moyen privilégié pour de nouvelles rencontres. Et d'amitiés en amitiés, qui sait si le destin ne vous conduira pas vers celle qui fondera un foyer avec vous ?

Pourquoi ne participeriez-vous pas, par ailleurs, à la vie syndicale ? Je suis sûr que le Syndicat Autonome des Personnels du Ministère serait heureux de vous accueillir en son sein. Et n'est-ce pas une façon enthousiasmante de se lier avec quelqu'un que de partager un projet ou un idéal ?

Le bonheur est plus simple qu'on ne l'imagine, il est souvent à portée de main pour qui sait se contenter de ce qui lui est offert.

Quelles que soient vos intentions, je vous encourage à être patient et à ne pas hésiter à demander mon aide si vous la jugez nécessaire. Elle vous est par avance assurée dès lors que votre requête entrera dans le champ de mes prérogatives.

Cordiales salutations et bon courage.

« Cette fois, ma petite Chérie, ton heure a sonné ! Tu as beau continuer à te trouver ravissante, tes quarante-cinq ans sont là, tes trois kilos en trop rebondissent complaisamment sur tes hanches, et ce matin, le dernier arrivé t'a lancé des « Madame » avec des accents circonflexes à faire pâlir un grammairien. Trop de respect frise l'irrespect !

« Et en plus, non content de parler seule, tu te mets maintenant à radoter à haute voix, et tes collègues ne vont pas tarder à te prendre pour une folle.

« C'est ainsi ma pauvre Chérie, tu as peut-être du mal à y croire, mais il y a vingt-deux ans les chefs de service t'appelaient Cathy et se retournaient sur tes jupes courtes. Puis ils ont dit Catherine Jouve avec un vrai respect pour la qualité de ton travail. Cela te plaisait, tu donnais des avis écoutés, tu parlais sans être contredite. Tu te répétais « Vas-y ma Cathy » dix fois par jour pour t'encourager. Et ainsi tu as gravi les quelques marches qui t'ont valu les déférents « Madame Jouve ». Assistante de Direction de Monsieur Hautecour depuis dix ans. Et ce matin cet impertinent Sébastien Maréchal t'a appelée « Madame » avec une insolence larvée.

« Je suis encore belle. Je le sais intuitivement et avec certitude. Une belle femme sur le tard qui attire encore le regard des hommes, bien que l'ennui m'ait détachée de ces jeux. Je sais que tout ce qui peut m'arriver de nouveau, je l'ai déjà vécu. Je me trompe sûrement mais je n'ai plus la force de penser autrement.

« Dans mon bureau, il y a une grande fenêtre qui donne sur les toits du huitième arrondissement. J'ai passé des milliers d'heures à rêvasser devant cette vue, à repérer les hôtels particuliers, à suivre le soleil sur le dôme des Invalides, et je ne m'en suis jamais lassée. Je devrais d'ailleurs l'inscrire sur ma petite liste. Je m'intéresse à si peu de choses ! Autrefois je prenais à cœur les

péripéties du Ministère. Aujourd'hui je trouve tout ennuyeux, même l'affaire Chauvière qui fait tant enrager Monsieur Hautecour.

« Elle n'a pas plus d'importance qu'une autre. Le souvenir de ce matin est d'ailleurs déjà confus. Je suis en face de lui, avec le bloc de sténo, le crayon en main droite, fatiguée d'une nouvelle nuit sans sommeil, assise jambes haut croisées, pensant que les nuits sans amour sont bien longues. Il me dicte au loin, sa voix monocorde me parvient comme la complainte d'un muezzin. Il s'indigne contre les lettres de recommandation et contre l'indécence d'exposer ses problèmes existentiels à autrui. Ce sont toujours des discours, des sentences et des a priori. Les mêmes que ceux de Paul, l'homme qui piétine le même carrelage que moi et froisse les mêmes draps depuis vingt ans. Avant c'était un autre. Le même aussi sans doute.

« Monsieur Hautecour est furieux contre les lettres de Parpot et contre les réponses conciliantes qu'il est obligé de lui faire. Ses yeux bleus se durcissent, son nez se pince, il passe machinalement la main sur ses tempes grisonnantes. Je regarde sa cravate, elle est nouvelle, bleu moiré, sobre, d'un goût certain comme toujours. Il déclare aussi détester par avance Elsa Chauvière, à cause des mystérieuses recommandations qui accompagnent son dossier. Il martèle qu'il ne la prendra pas dans son service, moi je sais qu'il obéira mais je ne dis rien. Le manque de cigarettes m'empêche de suivre ses raisonnements, ou du moins d'en saisir les conclusions. Il ne sait rien d'elle. Il sait seulement qu'il hait les lettres d'appui. La colère offre des certitudes, elle est aussi apaisante qu'une bouffée de cigarette. Il me dicte, avec colère donc, une note à M. de Pellepoix pour lui expliquer que les chariots circulent mal dans les couloirs de la DPMQ, et qu'il n'y a aucun quota à la Direction des

Archives de M. Pérard. Sa voix est claire mais baisse de ton, au dernier paragraphe, pour confirmer que l'enquête a été menée et qu'il engage ce jour la procédure de recrutement accéléré.

« Je suis dans son bureau et pourtant je n'y suis pas. Cette même sensation toujours, chez moi, dans ma maison, ou au fond de mon jardin, ou dans la propriété de mes grands-parents à Ermenonville. Etre quelque part sans y être, et en même temps ne pas pouvoir en sortir. Oui c'est cela, surtout cela, cette sensation permanente de ne pas pouvoir s'échapper, alors même que l'on se sent nulle part. C'est ce qui est inacceptable à quarante-cinq ans, mais c'était pareil hier et autrefois. Toujours ce même sentiment d'angoisse. Je me concentre sur mon crayon et sa mine fragile. J'ai envie d'appuyer pour la briser sur la page blanche. Monsieur Hautecour ne se rend compte de rien. Son assurance hautaine le préserve, le rend agaçant et attirant à la fois. La certitude est signe de bêtise mais séduit souvent ceux qui hésitent. »

CAHIER D'ELSA CHAUVIERE

Ça y est. Enfin çayest presque. Officieusement. Ai reçu un courrier pour dire que je dois aller signer mon contrat de travail. Avec mon embauche au Ministère, les deux lettres nont quà bien setenir. Pause. Encore unpeu de calme. Jerentre auMinistère. Je rentre auMinistère. Je rentre au Ministère.

Inspiration/Expiration.

Inspiration/Expiration.

Enfin c'est pas fait. Coup de Trafalgar toujours possible. Mais si je tiens les dix lignes qui suivent sans m'attaquer aux apostrophes et en laissant tranquille les lettres seules, alors ça arrivera. Je pénétrerai dans le Saint des Saints. Dans ce Ministère des Affaires Intérieures tant convoité depuis des mois !

L'Objectif Un sera alors extraordinairement, magiquement, miraculeusement atteint. En deux ans, c'est pas mal. Au suivant. En piste vers Objectif Deux.

Le répit sera pour plus tard.

Tout va changer maintenant. Désormais c'est moi qui vais tenir les rênes de mon Destin. Toute seule, sans les flics, sans l'avocat ni l'assureur, sans les privés foireux. Non. Moi seule avec mes quatre roues et mes béquilles. Moi et mes douleurs et mes blocages et mes rotations grippées. Moi et ma détermination que rien n'arrêtera.

Suis sûre que tout est à portée de main, dissimulé mais pas introuvable. Personne ne se méfiera d'une pauvre petite handicapée qui a tant souffert. Leur réveil sera brutal. Au tarif du sang en vigueur. Comme il se doit.

Ouf dix lignes réussies sans apostrophe manquante... Donc yarriverai !

Va falloir que je renouvelle tous mes petits papiers et les adapter aux discussions avec les collègues. L'intégration est nécessaire pour décrocher le point numéro Deux.

Vais garder la même organisation : les papiers avec les phrases courtes dans la poche de droite, ceux avec les phrases longues à finir de remplir dans la poche de gauche. Des blancs tout blanc pour les gros imprévus. Peu d'imprévus dans ma vie. En vérité un seul gros imprévu depuis ma naissance : 2581 CQA 75 qui a flambé un feu rouge, place Edmond Rostand, à Courbevoie, le 30 Mai 1993, à 17h15. Veille de mon anniversaire. Choc crânien sur le montant droit de ma 4L. Enfoncement du plateau tibial, en clair ça veut dire genou gauche en bouillie. Hémiplégie côté droit. Peux plus articuler. Peux plus marcher. Peux plus courir. Peux plus rester debout. Peux plus danser. Peux plus discuter sauf avec le petit cercle qui a le décodeur pour supprimer les « che » qui encombrent tous mes mots.

Peux plus rien.

Faudra pas lésiner sur les papiers, parce que le temps qu'ils s'habituent et j'aurai perdu un an. Faut que je fasse vite.

Enfin dans huit jours, je serai dans la place. Je ne sais plus rien faire. Tout le monde s'en moque. C'est peut-être 2581 CQA 75 qui a cherché à tout racheter. Dans l'ombre, sans se montrer. Il n'a pas empêché les heures, les semaines, les années de souffrance, ni rattrapé mon petit ami qui est parti avec ma meilleure copine. Le pauvre supportait pas l'idée de pousser un fauteuil roulant, ça lui déchirait le cœur.

Regrette terriblement de pas avoir pu lui crier « Salaud » à la figure. Ecrit en lettres majuscules même avec dix points d'exclamation, ça n'a pas le même impact, et « Chahaud ! » à haute voix prête à rire.

Maintenant je vis seule, à vingt-huit ans, dans chaise roulante, sensation à droite morte, à gauche demi-orgasme possible, jamais essayé. Qaund tout fonctionnait déjà pas évident. Alors now ? Procréation exclue. Al'hosto, ai reçu la catho du coin. Suis même allée à Lourdes... Paraît que le Seigneur m'a choisie pour cette épreuve parce qu'il m'aimait beaucoup. Ai perdu plein de facultés mais pas au point de gober n'importe quoi. Suis pas débile complète. Que côté droit. Que le bon Dieu m'aime moins ou pas du totu, mais qu'il me renvoie comme avant 2581 CQA 75.

Barthélémy Parpot
19 avenue de Verdun – 92000 NANTERRE
à

Monsieur Hautecourt
Ministère des Affaires Intérieures
Place Beauvau – 75700 PARIS

Le 26 Octobre 1996

Monsieur le Directeur,

C'est avec une immense émotion que j'ai lu votre belle note qui m'a rempli d'espoir, même si la délicatesse du sujet vous a obligé à parler avec des circonvolutions et des altérations.

J'aurai bientôt la moitié de ma vie, et il me tarde extrêmement de me marier car maintenant que tout le monde semble d'accord, ce n'est pas la peine d'accumuler des soirées tout seul chez moi, vu qu'elles se ressemblent toutes avec la boîte de thon, *la Vache qui rit*, et l'orange.

Votre belle note que j'ai lue plus de cinquante fois et même entre les lignes, suggère subtilement que tout est à portée de moi et plus précisément là où vous pouvez intervenir en cas de nécessité. J'ai donc évidemment deviné que la solution était dans votre secrétariat puisque mon local est à côté et qu'il paraît que vous les menez toutes à la baguette ce qui accélérera si nécessaire.

De toutes les façons, je veux vous dire que, parmi vos trois secrétaires, les trois me plaisent bien. Je sais que Laurence Desjardins est trop jolie pour moi, et qu'il faut être raisonnable. Je sais aussi que la belle Mme Jouve est plus âgée que moi, même si elle est plutôt sexy comme on dit, ce qui n'est pas le cas de toutes au Ministère. Surtout que j'aime bien ses bas à grésille avec la couture derrière qu'elle met, et le caraco à lacet qu'on aimerait lui défaire, mais bon je crois qu'il n'est pas bien que l'homme dans le couple soit plus jeune et plus petit aussi en centimètres pour l'équilibre du couple justement. Et puis elle a presque la gentillesse d'une maman pour moi, et comme j'ai perdu la mienne à cause du cancer, ce serait bête d'en perdre une deuxième. En revanche je suis sûr qu'Agathe Pellofi m'irait très bien vu qu'on m'a dit qu'elle était pas mariée, et qu'il paraît qu'elle aussi cherche beaucoup. D'ailleurs pas jolie-jolie comme elle est, ça pourrait lui faire plaisir que quelqu'un la trouve à son goût.

Je ne suis pas exigeant évidemment car je comprends bien que quand on épouse par quota, on peut pas avoir une speakerine de télévision, ni une vendeuse de parfumerie, ni les plus jolies du Ministère qui sont Laurence Desjardins et Laurette Francoeur et Aline Deray. D'autant que le temps presse finalement, déjà hier soir, j'ai pas pu me concentrer sur l'émission de **TF1** tellement je pensais que bientôt on serait deux.

Je dois aussi vous dire au sujet des autres suggestions de votre lettre, que je n'irai pas au Comité Associatif des Salariés car j'ai déjà essayé une fois, et j'ai bien vu que les femmes gentilles étaient avec leur mari et que celles qui étaient seules, évitaient de me parler. Cependant comme je veux vous être agréable, je vais adhérer au Syndicat, et je suis même allé à une réunion hier soir où ils ont déjà décidé de m'accepter.

En ce qui concerne votre secrétaire Agathe Pellofi, j'aimerais que vous commenciez rapidement à lui parler de moi en bien puisqu'il faut de l'estime réciproque dans un couple marié. Moi bien que je la trouve pas jolie-jolie, j'ai déjà de l'estime pour elle vu que c'est tout de même louable d'épouser quelqu'un du quota, même si je suis pas moi-même le plus grave.

En vous remerciant d'avance, je vous prie d'agréer l'assurance de toute ma reconnaissance pour toute votre aide future.

Barthélémy Parpot

CAHIER D'ELSA CHAUVIERE

M y voilà donc. Pour de vrai, partageant un bureau avec un certain Sébastien Maréchal, aussi nouveau que moi dans la maison, et un certain Bernard Bénazet aussi ancien que le téléphone à cadran. Apparemment on m'a mis avec eux par manque de place, mais on fait pas le même travail. C'est sûr que mon boulot à la noix, on peut pas être deux à le faire !

Ce matin, 02 novembre jour des Morts, la demi-survivante a rejoint le monde des vivants. J'ai mis ma robe ample en laine, et pour la première fois depuis 2581 CQA 75, j'ai ressorti mon serre-tête dans les cheveux. Ça me va toujours aussi bien, sauf que vers onze heures, j'ai eu l'impression d'avoir les tempes prises dans un étau, et j'ai dû le retirer. Même les choses les plus simples sont devenues compliquées !

J'avais appelé un taxi de peur d'être en retard. Si bien qu'à 8 h 30, j'étais devant Agathe Pellofi qui finissait de se maquiller, d'arroser ses plantes vertes et d'installer ses deux bouteilles de Volvic en rempart devant elle. Puis est arrivée sa voisine Laurence Desjardins. À mon avis, sa croix et sa bannière. Une fille magnifique, au regard éthéré énervant, blonde aux yeux verts, à la voix douce, inaudible et crispante, et qui a l'air d'être là sans y être. Ai attendu patiemment l'échange des bises, des chuchotis, et des regards en coin, puis ai demandé ce que je devais faire. Agathe a fouillé dans des papiers en soupirant, et m'a dit de me rendre bureau 58, bâtiment 2, même étage, sans me prévenir qu'il y avait déjà deux occupants.

Sébastien Maréchal est peu causant et très beau. Incroyablement beau, sinon l'aurais pas remarqué car peu intéressée. Lui ai tendu quelques papiers écrits à la hâte. « Je dois m'installer dans ce bureau », « Je suis nouvelle », « Je m'appelle Elsa ». Il n'a pas eu l'air ennuyé de ma présence. Il a simplement retiré quelques dossiers qui embarrassaient mon côté, et m'a dit qu'il faisait des études statistiques sur les accidents de la route. Ai rien répondu. Même démarche, papier en avant, vers Bernard Bénazet qui a grogné, n'a rien retiré et a jeté mes trois messages à la poubelle. Ai pas osé les récupérer. Les ai discrètement réécrits.

Ensuite plus rien, plus un mot. Sébastien m'a juste aidée à pousser son armoire pour avoir passage du chariot jusqu'au bureau. Bénazet a formellement interdit qu'on touche à la sienne.

Puis une fois installée, j'ai eu mon moment de félicité. Le premier depuis 2581 CQA 75. L'ai sans doute savouré avec un air illuminé car Bénazet m'a dévisagée avec condescendance. Cet imbécile n'imagine pas que je pourrais l'écraser comme un cafard. Sans plus de remords. Suis une handicapée de vingt-huit ans. Sans avenir. Qui se fout de l'avenir des autres.

Vers 10 heures est arrivé Parpot, mon chef direct. Il est plutôt petit, légèrement voûté, avec un regard doux et transparent qui respire pas la subtilité.

Il m'a souri, m'a baragouiné de l'incompréhensible tant et si bien que j'ai regretté qu'il n'utilise pas des messages écrits, puis spontanément il a saisi les poignées de mon fauteuil roulant et m'a poussée de bureau en bureau pour me présenter les gens du service, plus tous ceux auxquels je risquais d'avoir affaire dans mon travail.

J'ai oublié trois noms sur quatre car n'ai pas ressenti cette balade avec un vif plaisir... Ai même senti un peu de mépris et de politesse excédée chez de nombreux pseudo-collègues, comme si me côtoyer risquait de les handicaper. Qu'est-ce que ça serait si le chariot était contagieux ! Surtout que Parpot emmêlait allégrement hémiplégie, problème cardiaque et accident de voiture, faisant de moi le vivant porte-drapeau de tout ce qui pouvait le plus communément leur arriver. C'est sûr que quand on vous parle du choléra et de la lèpre, vous vous effrayez davantage mais vous vous sentez moins concerné. Quant à la mucoviscidose, vous savez que vous êtes passé au travers.

Chez les handicapés du quota, l'accueil a été plus franchement sympathique encore que cet esprit de clan me ferait rapidement fuir, mais pour le coup suis bien obligée de jouer le jeu. Dans les confréries on se rend service sans demander pourquoi. En aurai peut-être besoin pour Objectif Trois.

Au bout d'un temps, Parpot s'est assis dans une des chauffeuses du couloir, il a tourné mon fauteuil vers lui, et face à face, les coudes posés sur mes genoux, il m'a dit que je serais bien là, qu'il m'aiderait autant qu'il le pourrait, qu'Hautecour m'avait collé un travail ingrat car il était dépité de m'accueillir dans son service, mais que dans quelque temps, tout cela passerait et qu'il irait lui-même Parpot, demander une autre affectation pour moi. Il n'a pas voulu m'en dire davantage, mais j'ai deviné que ma mission allait nécessiter de nombreux va-et-vient dans les différents bureaux. Pour l'instant il me fallait remplir les formulaires d'embauche et il m'a ramenée chez la déjà-vue-à-8 h 30 Agathe Pellofi.

En entrant, j'ai souri gracieuse et tout, mais prudente pour ne pas laisser croire que j'étais en pays conquis.

Accueil mitigé, mais suis pas née d'hier. Donc avec quelques papiers soigneusement préparés et bien sentis, j'ai rompu le blockhaus. À ses côtés, la jolie Laurence Desjardins semblait plus dure à dégeler, mais comme je voulais avant tout m'introduire dans les plus brefs délais en vue Objectif Deux, j'ai délibérément fait l'impasse sur elle pour pas gâcher ce qui s'enclenchait péniblement avec Agathe. Un compliment sur ses fringues, un autre sur son sourire, un troisième papier pour m'excuser du dérangement que je lui causais, et Agathe s'est détendue. Ce n'était pas encore la franche camaraderie mais on a pu avancer. Elle m'a expliqué ce qu'elle faisait, comment marchait la maison. À la DPMQ, elle dépend de Mme Jouve qui est le bras droit de M. Hautecour et plus si on en juge par son haussement d'épaule genre « Elle a beaucoup donné d'elle-même pour y arriver ». L'ai juste entr'aperçue en sortant. M'a semblé effectivement assez glamoureuse. À part ça, Agathe s'occupe plus de la DP que des MQ, ce qui veut dire qu'elle doit avoir accès aux dossiers du personnel, au moins en partie, et que la chance continue à jouer avec moi. On avancera davantage dans quelques jours, pour l'instant je lui tends un dernier papier sur les jolies plantes qui ornent son bureau. Là, j'ai fait mouche, et enfoncé le clou aussitôt en lui parlant des miennes et d'une qu'elle ne devait pas connaître et dont je lui amènerai une bouture. Elle m'a demandé ce que c'était. « Chut. Secret. Promis », j'ai griffonné. Elle a eu l'air ravie et m'a demandé de parler même si j'articulais mal.

« Un jour plus tard, quand nous serons que toutes les deux. » Elle a levé les yeux vers Laurence dans un acquiescement silencieux. Deuxième gros point.

Puis j'ai demandé si je resterais longtemps dans le bureau avec les deux messieurs.

« Il y a quelqu'un en plus de cet imbécile de Bénazet ? m'a-t-elle répondu étonnée. On peut se tutoyer si tu es d'accord ».

J'ai acquiescé de la tête et du sourire, puis j'ai écrit « Avec Sébastien Maréchal ». Là j'ai apparemment marqué le troisième point. Mais sans comprendre. Elle a vite plié le papier comme si j'avais écrit trop fort, et m'a promis de venir me voir souvent.

« À ses mouvements lents, à son éternel manteau gris, à son chapeau mal enfoncé, je sais que c'est lui, le Sénateur, qui revient voir Monsieur Hautecour après tant d'années. Est-ce possible ? Le voir ainsi, debout devant mon bureau, rigide comme une statue de Commandeur, le regard clair et droit, lui qui avant se faufilait tardivement dans les couloirs pour éviter les rencontres.

« Il est là devant moi, après trois années d'absence. Il n'explique rien. Il me dit quelques mots de politesse, ceux qu'il aurait pu prononcer s'il était parti la semaine dernière, puis il demande Monsieur Hautecour.

« La petite voix de Cathy se réveille pour me conseiller de lui décocher quelques flèches empoisonnées, mais Catherine sait se tenir. Mon visage reste aussi serein que celui de la Joconde même s'il me revient l'époque lointaine, et proche en vérité, où le Sénateur s'attardait le soir dans mon bureau. J'aimais nos conversations quand la lassitude de la journée relâchait son étreinte et qu'il se laissait aller à quelques fausses confidences. Je ne sais aujourd'hui, à le voir si distant, s'il a chassé ces moments de sa mémoire.

« Je ressens mal sa présence. J'ignore ce qu'il veut. Je sais simplement que ce qu'il veut, il ne le demande pas. Il est debout là, à scruter les murs et les fenêtres. Il s'en approche, effleure du regard les toits de Paris. Ça ne me gêne pas, il ne me dérange pas. Il porte une tristesse qui lui est étrangère, qu'il supporte sans comprendre. Il dit qu'il ne pourra pas attendre longtemps car il a rendez-vous avec M. de Pellepoix. Il va pour partir, lorsque Elsa Chauvière, poussée par Parpot, entre dans mon bureau pour rendre compte de sa journée. Elle ne peut pas parler. Ma fille qui a quatorze ans, ne parle pas non plus. Ni à moi, ni à son père. Anorexie verbale uniquement, côté appétit et Mac-Do ça va. Je n'y peux rien, c'est l'hérédité paternelle je suppose. Ma maison est celle du silence. Aucune parole ne ricoche sur les murs blancs. Les sons tombent et meurent.

« Le Sénateur désigne Elsa d'un hochement de tête, et veut savoir qui elle est, de quel service, parce qu'il trouve anormal malgré sa longue absence, de ne pas connaître quelqu'un du Ministère. Il ne retiendra pas son nom, mais il sait qu'elle est là. Dans le même temps, Elsa a tendu un papier à Parpot, sans doute pour lui demander qui était cet homme, mais ce brave Barthélémy ne lui répond pas, il se contente de lui sourire. La petite hausse les épaules avec impertinence.

« Elle ne marche pas, ne parle pas, mais n'attire pas la pitié. Elle semble pleine de vie. Il y a même quelque chose en elle qu'on pourrait presque lui envier.

« Monsieur Hautecour est sorti à ce moment-là, avec sa démarche raide et son costume impeccable. Le Sénateur lui a chaleureusement serré la main. Ces deux semblent être nés pour se connaître. Leurs silhouettes, grandes et similaires, qui se découpent dans le cadre de la fenêtre, reflètent bizarrement toute une partie de ma vie. Ils se sont mis à parler à voix basse. Puis Monsieur Hautecour a saisi le bras du Sénateur et l'a attiré dans son bureau. Ils sont passés devant moi sans un regard. J'en suis restée médusée. Il n'est cependant pas possible de décrire l'envie de ce dont on n'a plus envie.

« Dix minutes plus tard, ils sont ressortis. Monsieur Hautecour avait un visage rayonnant. Son élégance naturelle resplendissait dans ce conciliabule de couloir, où il semblait détenir l'avenir de la nation dans la prochaine phrase qu'il allait prononcer. Mais à trop l'avoir côtoyé, j'en connaissais aussi le revers et l'insignifiance.

« Je n'avais guère envie d'être là au moment du départ, et je me suis éclipsée dans le bureau d'Agathe et Laurence. Évidement j'ai trouvé les deux bécassines en train de se chamailler. C'étaient les meilleures amies du monde, toujours à rire et à se moquer, jusqu'à l'arrivée de Sébastien Maréchal. Sa beauté les a plongées dans une

rivalité stupide qui amuse maintenant tout le Ministère. Il en est même chez les huissiers, pour faire des paris. Et Agathe n'est pas favorite. Il n'y a pas à rire, car ainsi doit être l'amour simple et reposant. Personne n'a jamais parié sur Paul et moi. Qu'advient-il des amours dont personne ne s'occupe ? »

CAHIER D'ELSA CHAUVIERE

Mon chariot roule mal dans ces couloirs vieillots. Toujours une plinthe pour s'accrocher ou une marche pour gêner. Je bute aussi contre le montant des portes à cause de l'étroitesse des passages. Mon travail consiste pourtant à passer dans les bureaux. C'est M. Hautecour qui l'a voulu ainsi.

Suis sous les ordres de Mme Jouve. Pour faire la relance. C'est une belle femme, énergique, habillée Lacroix, sûre d'elle. Du moins par moments. Quand une lettre arrive, elle griffonne les initiales de la personne qui devra rédiger la réponse. Plus une appréciation. « Pour info », « Pour action », « Urgent », « TU » (Très urgent), « TTU » (Très très urgent) ou pire « TAC » (Toute Affaire Cessante). Quand y a TTU ou TAC, il paraît que c'est chaud devant. Moi je marque tout ça dans un cahier, puis je passe contrôler si la réponse a été faite. Les passages varient avec l'appréciation : « Pour action » c'est une fois par semaine, mais ça peut aller à un passage toutes les heures pour un TAC souligné. Une fois en face d'eux, suis censée leur demander si la réponse est prête et numéro de chrono pour contrôler. Inutile de dire que pour se faire des copains, on a rien inventé de mieux ! Boulot nul, mais m'en moque. Suis trop contente d'être là !

Parpot m'a promis de m'accompagner les jours où il y aurait des TTU et des TAC. Il est très gentil avec moi et prévenant aussi. Touchant, j'allais écrire.

Cet après-midi, il m'a confié avec ravissement que Sébastien Maréchal lui avait ménagé une soirée avec sa future petite amie. Il me l'a répété trois fois. Ridiculement mais ça m'a émue. Drôle que Sébastien se soit mêlé de ça. Je ne l'imaginais pas, lui si taciturne malgré son éclatante beauté, jouer les entremetteurs. D'autant que je le croyais misogyne ou homosexuel. Depuis deux semaines pourtant, et en dépit de nos maigres échanges, nous nous entendons très bien. Il aime mon infirmité qui lui prouve que nous sommes dans le même camp. Je crois qu'il hait le monde entier. Je le croyais.

Parpot sautait presque de joie, du moins d'impatience. Je ne lui ai même pas demandé le prénom de sa petite chérie. Ces préoccupations ne me concernent plus. Qui parle d'aimer lorsque deux marches d'escalier arrêtent votre élan, ou qu'il faut avoir la médaille d'or aux barres parallèles pour enlever sa petite culotte. Interdit, impossible, impensable ! Ça pourrait me rendre malheureuse s'il n'y avait pas toutes ces difficultés qui m'occupent la tête. De toute façon, 2581 CQA 75 devra aussi régler les additions des chapitres Amours Perdus et Amours Impossibles.

Dans la voiture, entre les ferrailles, 2581 CQA 75 qui s'enfuit. Moi dans la 4L, coincée contre les pare-chocs du bus car j'ai dû faire un écart pour l'éviter. Tellement éviter que je me suis écrasée sur les cinq tonnes du N|51, et qu'il s'est enfui. Froidement. Sans se rendre compte, plaidera-t-il si on le retrouve. À voir. Un liquide chaud et gluant coule le long de ma joue, je sais que c'est mon sang mais ça ne m'inquiète pas, veux seulement me souvenir d'une chose : 2581 CQA 75. Gravé au fond de ma rétine avant que coma ne me prenne. Une chaleur m'envahit du tréfonds de mes entrailles, doucereuse et enveloppante, les bruits de sirènes s'estompent, des casques de pompiers ou de motards dansent devant mes yeux et s'enfoncent à leur tour dans cette nuit si apaisante. Je me répète d'ultimes fois 2581CQA75, 2518CQA75, 2518CQB75. Voiture noire. Renault ? Pas sûre. Noire ou gris anthracite. Ou vert bouteille. Ça tourne lentement, les couleurs se mélangent et disparaissent. Tout est blanc et calme.

La police ne trouvera jamais de 2581 CQA 75 correspondant à Renault noire. Comprend mal mon témoignage. Trouve pas ou cherche pas ou veut pas. 2581 CQA 75 est une Fiat blanche. Elle appartient à une banquière qui a un alibi en béton. On dit que j'ai tout confondu. Les témoins ne savent pas. Ça s'est passé si vite. Évidement y a pas eu de replay ! Le chauffeur du bus n'a rien vu, hormis ma 4L fonçant brusquement sur lui. Je serai bientôt la coupable. Un témoin me sauve mais il n'a pas vu la plaque, ni le type de la voiture. Seulement que j'ai été forcée de faire un violent écart. « Une voiture de couleur sombre » dira-t-il, puis « Toutes les voitures se ressemblent », « Le numéro de la plaque finissait par 2 », puis encore « Sans mes lunettes, je distingue mal ».

Barthélémy Parpot
19 avenue de Verdun – 92000 NANTERRE
à

Monsieur Hautecour
Directeur de la DPMQ

Le 25 Novembre 1996

Monsieur le Directeur,

JAMAIS de ma vie, JAMAIS, je n'ai été maltraité comme je viens de l'être. Et c'est votre faute puisque Mademoiselle Agathe Pellofi dépend de vous administrativement, et que vous deviez lui parler secrètement de moi en grand bien, vu le quota réservé aux gens en difficulté, comme vous l'aviez bien suggéré dans votre note du 22 octobre 1996 et aussi dans le couloir quand je vous en ai parlé à demi-mots couverts.

Moi, confiant et respectueux, je me suis avancé à découvert et sans les défenses d'usage, pour proposer à Mademoiselle Agathe Pellofi l'arrangement concernant notre vie commune. Je vous jure que j'ai scrupuleusement respecté les règles de politesse et que je me suis bien gardé de brusquer ce qui ne doit pas l'être, car bien qu'étant issu des quotas, une histoire d'amour doit être belle et se construire peu à peu, en poursuivant un objectif commun comme vous me l'aviez dit dans votre note du 22 octobre 1996.

Hier soir Sébastien m'avait invité chez lui pour dîner avec Agathe et la jolie Laurence Desjardins. Il avait dit qu'il valait mieux inviter les deux pour pas que ça fasse louche mais sans le leur dire, et quand elles se sont trouvées chez lui, bien habillées, il y a eu de la grimace dans l'air, parce que tout le monde sait bien que malgré les airs, elles s'aiment pas bien. Surtout Agathe. Le repas s'est déroulé bien amical et comme il faut avec même des moments de rire entre les silences, surtout quand on a parlé de Madame Jouve et qu'Agathe nous l'a imitée. Ensuite Laurence a voulu imiter Elsa parce qu'elle avait remarqué que Sébastien riait beaucoup aux imitations, mais je l'ai empêchée car on doit pas se moquer des gens du quota, surtout quand c'est Elsa. Puis avant le dessert, Sébastien a emmené les assiettes à la cuisine, et Laurence l'a suivi avec les fourchettes, ce qui fait que j'ai pu profiter du tête-à-tête avec Agathe qui était préoccupée par les deux autres à la cuisine, parce qu'ils semblaient avoir attaqué la vaisselle alors qu'on avait même pas eu le dessert.

Je peux vous dire sans détours, Monsieur le Directeur, bien que ce soit déjà de l'ordre de l'intimité, que j'ai posé ma main sur la sienne, et qu'elle a pas réagi parce qu'elle semblait avoir la préoccupation. Alors je lui ai tout avoué de notre avenir et de notre amour commun qui allait se déclencher et grandir après l'hibernation de ces dernières années, et voyant qu'elle ne répondait pas ce qui était forcément bon signe car tout le monde sait bien que les grandes joies sont muettes, j'ai cru qu'il était l'heure de démarrer entre nous pour la vie entière, avec un baiser sur les lèvres comme ça se fait, mais sans la langue.

Elle s'est alors mise à hurler, Monsieur le Directeur, et à dire tout haut et très fort des insultes que je ne peux pas répéter ici par écrit, mais qui ont fait sortir Sébastien et Laurence Desjardins de la cuisine tout rouges de honte de devoir entendre des mots pareils.

J'aurais voulu mourir sur place pour ne plus affronter son regard, mais comme j'en étais pas capable, j'ai dû subir un très mauvais moment de ma vie. Un terme tel que « débile » a même été employé en toute connaissance de conséquences.

Quand je pense à votre note du 22 octobre 1996, je suis bien déçu, et je me dis que finalement il n'y a que Monsieur le Ministre en personne qui pourra m'aider, car lui est un homme qui comprend alors que vous n'êtes qu'un exécutant sans cœur et négligent, qui oublie les promesses sitôt prononcées.

Mais pour moi, cela est trop important pour que je m'arrête à votre incompétence. Surtout qu'avec les élections prochaines, Monsieur le Ministre voudra faire plaisir à l'électorat dont je fais partie, et pour pas vous prendre en traître je dois vous prévenir dès à présent que je ne dirai pas du bien de vous.

Je vous prie de rien agréer de ma part.

Barthélémy Parpot

MINISTERE DES AFFAIRES INTERIEURES :

NOTE INTERNE	26/11/1996
DE :	Monsieur Hautecourt, Directeur de la Division du Personnel, des Moyens et des Quotas.
À :	M. Parpot

Confidentiel

Monsieur,

J'ai bien reçu votre lettre du 25.XI.96.

Je suis sincèrement désolé de votre méprise quant à mon éventuelle intervention auprès de Mademoiselle Pellofi. Vous semblez avoir oublié que je vous avais écrit qu'il n'existait pas dans l'Administration de procédures concernant les problèmes de cœur.

Cependant, et dans le souci de panser les blessures morales qui semblent vous affecter si péniblement, je vais exceptionnellement vous accorder sur le budget de fonctionnement de ma division, une consultation et une inscription dans une agence spécialisée plus à même de résoudre vos problèmes.

Persuadé que ces professionnels de la mise en contact sauront vous proposer des rencontres intéressantes, je vous engage vivement à *ne pas entamer d'action auprès du Ministre en période électorale.*

D'ici à quelques semaines, si votre cas n'a pas favorablement évolué, nous prendrons ensemble rendez-vous au Cabinet du Ministre afin d'examiner si d'autres formules peuvent vous être proposées.

Cordiales salutations.

CAHIER D'ELSA CHAUVIERE

N'ai vu ni Parpot ni Agathe depuis deux jours. M'en moque.

Vais attaquer concrètement Objectif Deux. Inutile d'attendre davantage. Suis dans la place depuis quinze jours, et j'arrive toujours pas à savoir ce qu'ils font réellement. À part de répéter qu'ils sont débordés, qu'ils vont monter aux créneaux, ou qu'ils vont sortir du bois. Ai encore rien vu de concret hormis les lamentations d'Agathe et les mouvements d'humeur de Mme Jouve.

Plus sérieusement, je crois que Bénazet s'occupe des pensions et des demandes de Légions d'Honneur, et que Mme Jouve est la vraie patronne du service. Laurence et Agathe assurent la frappe, et suivent les papiers pour les congés et les maladies. Sébastien compte les accidents de circulation dus à l'alcool, aux chiens mal attachés, à la vitesse, aux poids lourds… ce qui sert surtout à l'occuper car apparemment la prévention routière fait pareil, l'Insee aussi, et la Société des Autoroutes aussi. Legrand gère le Fichier, monstre sacré dont personne ne sait dire ce qu'il recèle. Sauf évidemment Legrand. Durand instruit les dossiers délicats c'est-à-dire ceux qu'on est censé ne pas instruire. Pérard l'archiviste et Mlle Fleury archivent, ça au moins c'est clair.

Et au milieu de ce carnaval, ma pomme et son chariot que tout le monde regarde comme un Ovni. Mais qu'ils me regardent bien ! Seront bientôt étonnés. Enfin si tout roule aussi bien que mon chariot ! Ai commencé par piste la plus logique. Donc par la plaque 2581 CQA 75. Ai rempli cet après-midi le bordereau N°2024 de demande de recherche. Ai ajouté « Très urgent » de ma main, en haut à gauche, puis ai imité la signature de Mme Jouve. En face service demandeur, j'ai mis « Statistique/M. Maréchal ». Lui ai pas dit. Tant pis ! Ai porté bordereau à Nelly Brocheau qui centralise les envois dans les préfectures. C'est une rieuse bavarde qui mesure un mètre vingt. Debout. Lui ai demandé si on aurait réponse rapidement. Elle a haussé ses petites épaules rondes. On peut pas prévoir. De trois jours à trois mois. Ai eu envie de lui parler. Lui ai écrit des questions idiotes. M'en suis voulu ensuite. Moi à sa place, j'aurais décoché quelques vacheries. Nelly est plus indulgente que moi. Elle m'a dit qu'on ne naît pas lilliputienne, mais qu'on le devient vers sept ou huit ans, le jour où votre papa, après avoir esquivé plusieurs fois vos questions, se décide à vous avouer la vérité. C'est alors pareil qu'un accident. Elle m'a aussi expliqué qu'au début elle se sentait comme les autres enfants, que les centimètres de retard ne mesuraient que dix millimètres chacun, et qu'ils ne s'étaient allongés de manière disproportionnée que vers six ans. Nelly m'a dit tout cela avec de nombreux rires, et sans me poser de questions sur moi. Elle portait une robe de fillette, du dix ans, en velours vert, avec des boutons en forme de fleur, et elle était maquillée. Je lui ai écrit que ça me plaisait de la voir maquillée... « Et tu n'imagines pas le nombre de prétendants que je peux avoir », m'a-t-elle dit avec fierté. Ai rien osé répondre. Elle a ri à nouveau avant d'ajouter qu'elle les faisait tous marcher à grandes enjambées.

« Cette habitude de parler toute seule à haute voix finira par me jouer un vilain tour. Ce matin, Bénazet n'est pas entré par hasard dans mon bureau. Il m'avait entendu pester contre cette agence.

« Je le sais mais je n'ai personne à qui parler, que ces toits de Paris. Paul est sourd, mes amants sont partis, et mes amies n'écoutent qu'elles. Il faut du temps pour écouter, et beaucoup d'amour aussi. Ce n'est pas une raison pour perdre mes derniers repères, ici au Ministère, dans mon travail, là où j'existe encore. Je dois répéter à Cathy que ce n'est qu'un mauvais passage, qu'elle doit persévérer, qu'elle ne doit jamais quitter le chemin.

« Ce matin j'ai dû établir un bon de commande bien singulier. Il était à remplir au nom de Barthélémy Parpot que Monsieur Hautecour fait inscrire dans une agence matrimoniale. Cela me paraît surréaliste. Je sais qu'en période électorale, les directeurs développent une phobie de la presse, que Parpot écrit des lettres à tort et à travers, je sais qu'un rédacteur malfaisant peut utiliser n'importe quoi pour nuire au Ministre, mais cette inscription est une aberration. Je ne dis pas que c'est scandaleux pour Barthélémy qui est un garçon généreux que j'aime bien. Peut-être a-t-il réellement besoin de cette aide ? Là n'est pas le propos. Tout le monde a besoin d'être aidé, mais il y a une éthique à laquelle on ne doit pas déroger. Ce sont les mots que prononce habituellement Monsieur Hautecour. Je suis allée les lui rappeler. Il m'a rabrouée sèchement comme une simple dactylo. J'en ai été blessée, mais je ne lui en ai pas voulu, car je l'ai senti révulsé d'avoir commandité cela. En partant il m'a dit froidement que si j'avais une meilleure solution, je n'hésite pas à venir la lui proposer, mais que dans le cas contraire, je pouvais me dispenser de le déranger.

« Le bon de commande était posé sur mon bureau, rempli et signé, à côté d'une enveloppe non libellée. Bernard Bénazet l'a vu. Il n'aurait pas dû mais c'était trop difficile de l'empêcher de lire. Ensuite il a soupiré et il a dit que c'était n'importe quoi, puis il s'est lancé dans une longue tirade sur la morale, sur le mariage, sur la France qui s'en va. Sur le scandaleux en général. Bénazet agitait le bon en ricanant. Il l'a soudain introduit dans la photocopieuse. J'ai dit qu'il n'avait pas le droit. Je ne pouvais le lui prendre de force, mais peut-être avertir Monsieur Hautecour. Je n'en ai pas eu le courage après la scène qu'il venait de me faire.

« L'intérêt de Bénazet pour ce bon de commande m'a étonnée. Cela n'a pas de sens, ses états d'âme sont toujours démesurés comme l'est sa haine de Monsieur Hautecour. Dans le service, personne ne l'aime, cela pourrait le rendre sympathique, mais il parle trop. Trop parler est comme se taire. Il faut dire à peine pour être écouté. Parler sans être écouté ne sert à rien.

« C'est comme parler aux murs qui m'encerclent. Les jours sombres comme aujourd'hui je ne vois même plus ma fenêtre magique. Pourtant ce lieu existe, et même si je ne le vois plus, je sais que je ne l'ai pas inventé. Mais comment s'évader d'une cellule qu'on ne perçoit pas ? »

CAHIER D'ELSA CHAUVIERE

Aujourd'hui j'ai eu les lancements.

Huit semaines sans rien et au milieu de la matinée, sans raison, le mal m'a reprise côté droit. La tête, le bras, la jambe. Je voyais même plus à droite à cause d'une bande verticale noire.

J'ai heurté la porte du bureau, et Agathe a eu la gentillesse de descendre me chercher un remède à la pharmacie. Il m'a calmée. C'était presque midi et je suis restée aux côtés d'Agathe qui déjeunait au bureau suivant un nouveau régime minceur, contenu dans un tupperware. Une espèce de bouillie de céréales et un fruit. Le fruit à avaler avant la bouillasse, des fois qu'on se serait fait plaisir en dessert.

Causerie d'une heure. Cette Agathe est drôle. Elle m'a demandé pourquoi le fauteuil roulant, et trente secondes après elle me racontait son entorse au genou. Pendant dix minutes. Ensuite question sur mon accident et embrayage sur sortie de route de son père en 1978 alors qu'elle était derrière. Ils n'ont rien eu.

Puis elle n'y a plus tenu et elle m'a lancé une rafale de questions sur ma vie privée. Ça m'a agacée. Ai renvoyé aussi sec série de questions. Bizarrement silence blanc chez elle : elle est gênée de vivre seule ; peur de l'âge qui monte ; peur de pas plaire, peur de pas d'enfant ; mais pas peur de plus voir, pas peur de plus marcher ou de plus entendre. Non, juste peur de solitude. Après je l'ai rassurée, ai même lâché quelques mots. Ça l'a fait rire. Je lui ai remonté le moral en quelque sorte.

Sur moi, « elle imagine pas » et ponctue toutes ses phrases par « tu peux pas comprendre » comme si j'étais née en fauteuil roulant ! Pour elle, suis rayée de la compétition. Je le crois aussi mais c'est le genre de remarque qui me donne envie de lui prouver le contraire. Dans sa logique, si elle arrive pas à décrocher un colocataire, une handicapée n'a aucune chance. Aucune ! Ai avalé tout cela sans rien dire car j'ai besoin d'elle.

En plus suis plus jolie qu'elle ! Elle le voit pas. Ne voit que les deux roues. Voit pas que mon regard couleur d'huître et mes taches de rousseur ont plus de charme que ses mouvements. Voit pas mes deux beaux seins dressés même le droit, la douceur de mes cuisses... Ne voit que mes fesses sur le Skaï ! Un jour m'occuperai d'elle aussi.

Pour aujourd'hui, 2581 CQA 75 suffit.

À la sortie du coma, ai tout de suite donné numéro immatriculation. Sont remontés à rien. Ni les flics, ni l'agent assurance, ni mon avocat. L'enquête a traîné des semaines dans les dossiers à sangles. Tout le monde s'en moquait, semblait attendre que soit écoulé le délai nécessaire au classement. La Compagnie d'Assurances n'a pas cherché à s'esquiver, elle a reconnu la validité du témoignage de la seule personne qui avait aperçu une voiture grillant le feu rouge. Moi j'étais immobilisée, rongée, excédée. J'aurais voulu conduire l'enquête moi-même. Je glissais chaque soir dans un profond désespoir. Mes copains commençaient à se lasser de m'entendre rabâcher 2581 CQA 75. Lorsqu'un jour, en fin d'après-midi, un jeune commis de la Compagnie d'Assurances est venu me voir à l'hôpital. Il a frappé timidement, il était jeune, gêné, mignon. Je me souviens qu'il portait un pull ample, et qu'il n'avait pas l'onctuosité hypocrite de l'agent d'assurance. Il m'a dit qu'il travaillait là depuis deux mois, que mon dossier était barré avec un large trait rouge en diagonale, et qu'il semblait malsain. Ai demandé pourquoi. Il savait pas exactement. Son chef le lui avait retiré des mains dès qu'il s'était mis à le lire. C'est ma photo qui l'avait décidé à venir, parce que j'avais l'air jeune. L'ai supplié de m'en dire davantage, tout ce qu'il savait. Votre voiture aurait à voir avec les flics, m'a-t-il dit, mais avec les flics haut placés, comme ceux du Ministère. Et aussi mais il n'en était pas sûr, une note du Président Directeur Général de la Compagnie d'Assurances demandant de vous dédommager sans chercher à tirer les ficelles pour se défiler comme on doit faire normalement. C'était tout. Il ne s'est pas attardé, et m'a fait promettre de ne pas chercher à lui téléphoner et de ne parler de lui à personne. Ai juré de ne pas le mettre en cause, et conjuré de m'appeler si un détail oublié lui revenait en mémoire.

Ai rapporté tout ça à l'avocat. Deux jours plus tard, le jeune commis a été mis à pied. Son chef avait appris sa visite à l'hôpital. Le licenciement a eu lieu dans l'heure qui a suivi. Il est revenu dans ma chambre m'insulter, me dire qu'il avait mis onze mois avant de trouver ce travail, que sa situation était catastrophique, et que sa petite amie refuserait de l'épouser puisqu'il n'avait plus de situation. J'ai pleuré avec lui, j'ai insulté à pleines pages mon avocat qui, la première gêne passée, a déclaré avec superbe que dans ces conditions, il ne voulait plus défendre mes intérêts. Tu parles ! Bref il m'a adressé sa note parce que c'est une engeance qui manque pas d'air. Je l'ai réglée au petit commis, et j'attends que le beau parleur ose venir me relancer.

Côté enquête plus rien n'a bougé. Deux tentatives avec un privé ont échoué. Mais maintenant c'est moi qui vais compulser les dossiers, fouiller partout, remonter les filières. Et je trouverai. En trois semaines, ai déjà entrevu trois ou quatre portes possibles. Certes étroites, mais me suis juré d'y entrer. Même avec mon chariot.

Ainsi avant-hier en bavardant, ai appris que les places de parking étaient gérées par la DPMQ. Agathe est débordée. Lui ai proposé de tout lui remettre en ordre : Numéro de carte magnétique, numéro des places et numéros des véhicules. Rendez-vous est pris pour demain après-midi.

ARTICLE PARU DANS « LE CANARD ENCHAINE » DU 05 DECEMBRE 1996

Le ministre marri marie dans la mare

SA SAINTETÉ Ministérielle de l'Intériorité, si peu avare en leçons de morale puritaine, se met à jouer les marieuses. Il octroie de généreux budgets pour que ses fonctionnaires convolent dans les joies de l'hyménée. Les mauvaises langues prétendent qu'après avoir couvert les coups de matraque de la rue de Solférino, sa Sainteté autorise ses protégés à tirer des coups moins catholiques… avec l'aide d'une agence de mariage. Coup pour coup, ça c'est le sens de l'équité comme l'entend son Intériorité.

MINISTERE DES AFFAIRES INTERIEURES :

NOTE INTERNE	05.12.96
DE :	Monsieur Bertrand de Pellepoix Chef de Cabinet, de Monsieur le Ministre.
À :	M. Hautecourt, Directeur de la DPMQ

Monsieur le Ministre attend vos explications sur l'article du Canard Enchaîné, ce jour, à 13h15, dans son bureau.

Après enquête, il est apparu que les faits publiés étaient malheureusement exacts. En conséquence, il vous est demandé de présenter un scénario crédible de sortie de crise. À défaut, votre démission vous sera proposée.

SYNDICAT CGT

Nous n'accepterons pas l'arbitrage d'un chef de service qui engage 28000 F au profit d'un seul, et cherche à supprimer le supplément familial de 15,12 F pour les revenus supérieurs à 7 000 F nets.

Ce libre arbitre est intolérable et ce n'est pas l'inscription dans un budget qui peut le rendre légitime. Encore une fois la politique de la tête du client est la seule menée au sein du Ministère.

La CGT proteste contre cette politique caricaturale qui ridiculise le service public dans la presse.

Pour la défense du service public, et la mise en place d'une politique du personnel juste et équitable.

Section Syndicale

CGT/MAI

CAHIER D'ELSA CHAUVIERE

Ambiance détestable. Sont dans tous leurs états.

M'empêche d'avancer. Agathe pas disponible pour commencer le classement des parkings. Par contre dispo pour colporter les rumeurs. Ai aperçu Hautecour livide. Les portes claquent. Pire, un des Dieux de l'Olympe, de Pellepoix du Cabinet du Ministre qui, d'après Agathe, n'avait jamais mis les pieds à la DPMQ, est descendu trois fois dans l'après-midi.

L'article du Canard a fait le tour de la maison. L'ai vu dans tous les bureaux. Au moins trente photocopies circulent, et plein de gens sont sincèrement outrés. Ceux de la Catho qui sont indignés. Ceux du Syndicat confortés dans leur certitude que tout est magouille et compagnie. Les aigris, mariés avec deux enfants et pavillon de banlieue qui sont prêts à être jaloux de la moindre mouche qui passe. Et en face de moi, Bernard Bénazet qui jubile.

Toujours d'après Agathe, Hautecour serait en train de déguster une magnifique couleuvre sauce maison. Il aurait sauvé sa peau, du moins évité une mutation à Thionville, en jurant de ménager Parpot et de tout faire pour qu'on entende plus parler de lui.

Ces minables tremblent devant la presse. Période électorale ou pas. Ils redoutent qu'on dise qu'un faible d'esprit est moqué et maltraité au Ministère. Mais qu'ils le disent ! Qu'ils se moquent ! Qu'ils nous délivrent de leur discours de bénitier ! Que ces imbéciles arrêtent de se croire coupables. Sont coupables de rien que d'eux-mêmes. J aimerais qu ils me piquent les places GIC vacantes avec de grands bras d honneur. Leur compassion détruit mon reste de fierté. Ménerve pour rien.

Inspiration/Expiration.

Ai vu le pauvre Barthélémy qui mérite pas de se trouver au milieu de ce tohu-bohu. Tout le monde se moque de lui. Il n'ose plus entrer dans les bureaux. Il a la mine triste, et les yeux battus. Il évite le sujet et fuit nos tournées de relance de crainte d'être raillé devant moi.

Hautecour l'a convoqué pour une « Très Importante Réunion », à 17 h 30, après la fermeture du Ministère et il est pas rassuré. Il m'a fait de la peine. L'ai encouragé et consolé. Lui ai dit qu'une « TIR » n'est pas pire qu'une autre réunion malgré ce qu'on en dit. Il a fait semblant de me croire.

« Bon sang, ma petite Chérie, mais tu es en train de perdre la raison ! Tu as la nervosité trop fragile. Ressaisis-toi ! Tu critiques le ronronnement du Ministère, et dès qu'il s'y passe quelque chose, tu paniques. Tout ça parce qu'après ce bon matrimonial et cet article dans la presse, est arrivé un billet de la préfecture des Hauts-de-Seine où il était marqué en rouge que notre demande n'était pas recevable. Sans motif et sans explication. Pour la première fois en vingt ans. Avoue au moins, ma Chérie, que c'est consternant de non-importance.

« Je crois que j'ai des moments de folie comme si mon univers allait se craqueler. Comme une chienne qui aboie quelques heures avant un tremblement de terre. Qui pressent la faille immense qui va s'ouvrir sous ses pieds.

« Dans le calme retrouvé, j'ai finalement repris les bordereaux, et découvert qu'il s'agissait d'une demande d'identification de véhicule. J'ai téléphoné à Nelly pour qu'elle m'apporte la photocopie, puis j'ai convoqué Maréchal. Il a joué à se faire attendre, mais j'ai trop attendu d'hommes pour subir ces gamineries. Son arrivée d'Apollon de basse-cour m'a agacée. Sa beauté me laisse indifférente. Je n'aime que les hommes plus âgés que moi. Enfin je n'aimais, car aujourd'hui je ne veux plus avoir affaire à eux. Je n'en ai plus envie. Il me coûterait beaucoup de me déshabiller et de me mettre nue devant un homme. Je n'ai plus de désir ni le besoin du désir. Maréchal avait le regard arrogant, il lui semblait qu'il n'avait qu'à claquer les doigts pour que je m'agenouille devant lui. Je l'ai très sèchement accueilli sans le regarder ni le faire asseoir. Il a eu l'air surpris et très vite il s'est mis à bafouiller. Ce jeune imbécile qui n'était au courant de rien, perdait sa suffisance, s'entêtait à mentir, croyant qu'il y allait de sa virilité à me tenir tête. Moi j'avais compris. À cause de deux mots griffonnés en haut de la page, par une écriture facile à identifier. Celle d'Elsa Chauvière.

« J'ai chassé Maréchal en lui disant que le Ministère n'était pas une porcherie, et qu'il pouvait cirer ses chaussures de temps en temps. Il en est resté sans voix. J'ai ajouté « Dehors » en lui désignant la porte, et il est sorti mortifié.

« Personnellement j'étais outrée qu'Elsa Chauvière ait osé imiter ma signature. C'est administrativement scandaleux. Cela m'a mise mal à l'aise. Plus qu'une légitime fureur, une sorte d'angoisse m'a envahie. La chienne flairait de nouveau le tremblement de terre. Je n'aime pas les gens qui fouillent. Je ne sais pas ce qu'Elsa cherche, mais je ne la laisserai pas faire. J'ai cédé trop souvent et partout, pour accepter d'être piétinée aujourd'hui sur mon propre territoire. Monsieur Hautecour ferait mieux de se méfier de cette assistée, plutôt que de se monter la tête contre ce pauvre Parpot dont la bêtise n'a jamais fait de mal à personne. Mais je veillerai à sa place. Mes intuitions ne me trompent jamais. Cette Elsa apporte le malheur. Tant de vivacité et tant de désir dans ce corps meurtri auraient dû me rendre méfiante. Cette petite m'était sympathique, j'en conviens, mais sa duplicité déchire mes illusions. On n'agit pas comme cela lorsqu'on n'a rien à cacher. Je ne sais rien mais je saurai, et je saurai me défendre. Je dois me défendre pour ne pas sombrer, et même s'il n'y a rien à défendre, je sais qu'il y a à sombrer profondément.

« S'il le faut, je m'en ouvrirai à Monsieur Hautecour, et nous renverrons cette Elsa Chauvière d'où elle vient avant la fin de sa période probatoire. Ce n'est pas un fauteuil roulant qui fera vaciller ma résolution. Nous avons tous un fauteuil roulant sur lequel nous traversons la vie. Ceux qui se voient le moins ne sont pas toujours les plus confortables. »

Barthélémy Parpot
19 avenue de Verdun – 92000 NANTERRE
à

Monsieur Hautecour
Directeur de la DPMQ

Le 04 Décembre 1996

Personnel et TRES Confidentiel

Monsieur le Directeur,

J'ai beaucoup réfléchi après notre Très Importante Réunion d'hier soir à 17 h 30, dans votre beau bureau. D'une part, il y avait, dans ma tête, le soulagement de plus avoir Agathe Pellofi dans les bras, car finalement elle me plaisait pas vraiment et même pas du tout surtout moralement au niveau du respect qu'on doit toujours avoir entre les gens. Et d'autre part, j'avais aussi de l'accablement parce que la vie avec une infirme ça interdit d'emblée les courses dans les prairies de coquelicots, les rendez-vous secrets sous le Pont de Brooklyn et plein d'autres choses qui doivent être les plaisirs de l'amoureux puisque ce sont les scènes qu'on montre toujours dans les films. Et puis enfin aussi et en dernière part, j'avais le contentement car Elsa me plaît bien en vérité. Elle est jolie et guillerette malgré ce qu'elle a, et surtout elle râle pas sans arrêt comme tous les autres du quota autour de moi qui se plaignent tout le temps de tout. Robert l'aveugle qui veut faire du tennis et de la photo, la petite naine Nelly qui rêve d'être mannequin, Denis le paraplégique qui se tape l'ascension du Mont Blanc chaque été alors que des millions de gens valides avec deux jambes n'en ont rien à faire. Je crois qu'ils veulent que ce qu'ils peuvent pas. Tous les gens normaux font des mots-croisés et regardent la télé, et des fois je me dis qu'il y aura bientôt que les éclopés pour jouer au foot et sauter en parachute. Bon je m'énerve parce que je les ai sur le dos toute la journée mais en vérité je les aime bien parce qu'ils sont souvent plus humains que les autres. Et d'ailleurs si Agathe en était, elle m'aurait pas parlé comme elle a osé l'autre soir.

C'est pourquoi, Monsieur le Directeur, et aussi parce que je profite moi-même des avantages du quota et qu'il serait pas bien de refuser quand c'est son tour de donner, je ferai tout ce que vous m'avez demandé, même si je dois vous dire que je ne comprends toujours pas comment Elsa Chauvière a pu se retrouver si rapidement prioritaire sur la liste d'affectation affective. Mais puisque la Commission Spéciale m'a inscrit dans le quota secret pour être le compagnon de cette mademoiselle, je vous promets de lui faire sérieusement ma demande pour réussir ce qui pourra encore l'être. J'ai bien compris que tout cela est sous réserve de SON acceptation finale à elle, mais ça dépasserait trop l'imagination qu'une paralytique refuse un mari en bon état.

Il y a une chose qui m'inquiète cependant mais que je peux pas écrire là parce que c'est très gênant, au sujet de ce que vous pouvez deviner sur la chose du couple. Disons que ça concerne les enfants, enfin ceux à faire. Je ne veux pas vous déranger et vous aborder dans les couloirs, mais aujourd'hui, puisque c'est une affectation d'autorité, je dois aussi avoir le mode d'emploi. Ce serait mieux, plutôt que d'en parler directement et avec de la gêne, que vous me l'écriviez bien en détail.

Je vous promets de toutes les façons de vous faire des comptes rendus réguliers par écrit comme vous me l'avez demandé, pour que vous puissiez les transmettre à la Commission Spéciale qui examine comme il se doit.

Je vous prie d'agréer, Monsieur le Directeur, l'expression de mes sentiments attentifs.

Barthélémy Parpot

CAHIER D'ELSA CHAUVIERE

La réponse de la préfecture est bloquée chez la mère Jouve. Fouiller son bureau est très risqué. Je peux tout perdre. Y compris ma place au Ministère et mes Objectifs Deux et Trois. D'après Nelly, elle est capable de tout. Il paraît qu'un jour, elle a jeté dans les escaliers, les béquilles de Raymond, le Polio de l'offset, parce qu'il l'avait appelée par étourderie Esméralda qui était son surnom de l'époque. Elle lui avait même crié « Et maintenant Quasimodo, rampe ! », mais l'incident avait été étouffé, sauf que Raymond la craint aujourd'hui encore.

Inutile de courir ce risque. Vais plutôt essayer de récupérer le rapport de police sur mon accident. Pas easy du tout. D'autant qu'il vaudrait mieux que je le réclame par son code administratif.

Tout n'a pourtant pas été noir aujourd'hui. Ai réussi à coincer Agathe qui a accepté pour les cartes de parking. Ai aussitôt épluché 300 numéros avec application. Les ai saisis sur PC, et triés pour être bien sûre. Rien. Pas de 2581 CQA 75. Peut-être a-t-il changé de voiture ? J'ai aussi recherché plaque ayant une lettre ou un chiffre d'écart, puis deux, puis trois. En ai alors obtenu une : 2281 VHA 75. C'est une Ford Escort rouge qui appartient à un huissier. Ça vaut rien. Tous ne se garent pas là. Ai pas vu par exemple la carte de M. de Pellepoix.

En revanche, ai appris par Agathe que assurance « Affaires » était obligatoire pour tous ceux qui se déplacent avec leur voiture. Ai pas insisté mais doit y avoir trace dans archives. À condition que 2581 CQA 75 soit cadre, mais avec Renault 25, c'est pas un employé de base. Quoique. Inutile de conjoncturer, faire le travail de fourmi nécessaire, on réfléchira ensuite. Agathe contente de mon travail. Ai fait ma modeste. Elle s'habitue bien à ma conversation par bouts de papier.

Hautecour est passé dans bureau quand je saisissais les fiches. M'a demandé de le suivre. On a parlé. Il a parlé car j'ai à peine sorti deux papiers. Celui avec « D'accord », et l'autre moins classique « Merci Monsieur ». Il m'a prévenue sur Parpot qui aurait une prédilection pour les jolies rousses comme moi. A pas dit si prédilection pour fauteuil. Ai pas saisi pourquoi nécessaire de parler de Parpot pendant dix minutes. Ce serait un garçon très gentil, généreux, dévoué, et pas dangereux. C'est crétin de m'annoncer ça maintenant alors que je le côtoie depuis deux mois. Aurait dû le faire avant ou pas du tout. Ai pas compris le problème.

Puis ai écrit un long papier pour demander travail bureau plutôt que relance des gens à cause du fauteuil. Exemple Archives. Ai montré ce que j'avais fait. Il a dit d'accord, sauf pour les TAC et les TTU que je dois toujours suivre. Seraient vitaux pour le service !

« Les archives, excellente idée ! » a repris Hautecour. A pas pu s'empêcher de rire. Ai sorti papier « Pourquoi ? ». A répondu avec une franchise qui lui ressemble pas : « Parce que c'est un endroit idéal pour affecter les quotas, mais le vieux singe qui les dirige, les refuse systématiquement. Et vous venez de me donner une excellente idée. »

Papier court : « Laquelle ? »

« Celle d'envoyer mes quotas faire des recherches aux archives. L'ami Pérard sera obligé d'obtempérer. Vous pourrez accéder à tous les cartons de documents. Et plus vous voudrez en voir, mieux ce sera. Je vais même vous faire un mot d'introduction. » Il riait en parlant. « Et si on vous fait des réflexions, venez me le dire. »

Recherche papier. Impossible de retrouver celui avec « Comptez sur moi ! ». Vais devoir changer de méthode. Acheter un portable et cliquer des mots clés.

En sortant il m'a même poussé le chariot, ce qui est un signe de familiarité évident.

Suis très, très, très contente !

« Cette journée avait mal commencé. J'avais fui les insomnies et les angoisses humides du petit matin en me réfugiant dans ma cuisine. La pendule marquait cinq heures et les sucrettes étaient introuvables. Paul dormait profondément dans notre chambre. Ma fille aussi sans doute, ailleurs, dans quelque appartement cossu d'un riche Humbert-Humbert de St Germain, ou dans une chambre mansardée s'il restait encore un peu de chance pour elle. La nuit était dense et froide. Il y avait une couverture de givre sur la rue. J'ai préparé du thé et je l'ai emporté dans ma salle de bain. Mes trois kilos à perdre n'avaient concédé que deux cents grammes à ma balance après six jours de privation. J'ai eu un instant de colère, puis tout s'est peu à peu calmé en moi avec la douce chaleur du bain, la musique, et les caresses de mes crèmes sur mon corps. Cette heure chaque matin pour être belle et parfaite m'apaise toujours. Un jour elle deviendra une charge. Je le pressens parfois, comme je pressens la vieillesse qui me courtise déjà en m'ôtant perfidement le courage d'aimer. La vie n'est que l'histoire de notre désir.

« Je suis arrivée au bureau, en manque de pain beurre, affamée et pour tout dire fatiguée. Le billet de la préfecture des Hauts de Seine était toujours au milieu de ma table. J'ai pensé que je m'étais peut-être emportée pour rien. J'aspirais au calme, à la paix, et j'avais envie d'être rassurée, mais pour cela il me fallait savoir ce que cherchait Elsa. J'avais un seul moyen, et ce moyen c'était Bénazet qui avait travaillé plus de quinze ans à la préfecture des Hauts de Seine avant d'obtenir sa mutation au Ministère. Je savais pouvoir l'obliger à me rendre ce service, et comme une confrontation avec lui ne me déplaisait pas, ma décision a été prise.

« J'ai laissé filer la matinée, et j'y suis allée à midi passé. Bénazet était seul dans son bureau. J'ai refermé la porte derrière moi. Il a semblé surpris de me voir. Je lui ai

dit tout d'un coup qu'il était le responsable de la fuite au Canard Enchaîné, et que j'allais le dénoncer. Il a ricané, puis il m'a déclaré avec un air méchant que j'étais aussi coupable que lui. Je lui ai rétorqué que, puisque la rumeur disait, et il en était l'un des principaux colporteurs, que je me faisais sauter par Hautecour, – j'ai employé volontairement cette expression triviale -, alors je bénéficierais d'une indulgence aussi certaine que les monstrueux ennuis qui s'abattraient sur lui. Il a accusé le coup parce que j'employais sa logique d'aigri et que je me glissais dans sa propre explication du monde. Il a balbutié quelques mots sur sa retraite, puis il a frotté ses mains avec un léger tremblement qui ne m'a pas échappé. J'aime voir les hommes s'effondrer. Je lui ai mis le marché en main et sans attendre sa réponse, je suis repartie en lui donnant vendredi pour limite. Les plus velléitaires sont souvent les plus lâches, et je le savais assez pleutre pour s'exécuter. »

CAHIER D'ELSA CHAUVIERE

Supporte plus de sentir 2581 CQA 75 dans le bureau de Mme Jouve, à portée de main et de ne pas savoir. Deux nuits que j'en dors pas. Je pense qu'à ça. Ce matin, ai trouvé une opportunité grâce à Denis qui est rédacteur de 2ème échelon et incidemment paraplégique suite aux deux grammes d'alcool d'un routier sympa qui traversait son village à 105 km/h.

Ce matin donc, suis passée le relancer au sujet d'un « TU » vieux de huit jours. Il m'a dit qu'il était très embêté par un point de forme que j'ai pas pigé, mais lui ai aussitôt proposé, par réflexe, d'aller chez Mme Jouve à 14h30. Puis ai fait téléphoner Barthélémy pour que Mme Jouve aille chez Denis à 14h30.

Ai pris le couloir de la DRST pour pas la croiser. Son bureau est assez petit mais agréable avec une large fenêtre. On a eu du mal avec nos deux chariots à se mettre entre les deux chaises visiteur réglementaires. Me suis finalement glissée sur un côté d'où je pouvais apercevoir les papiers sur sa table et l'enfilade du couloir. Denis était discrètement resté près de la porte, gêné d'être entré en l'absence de Mme Jouve. Pour le convaincre, j'avais dû lui écrire qu'on obstruait le couloir et qu'on risquait de s'emmêler les roues ce qui manquerait pas de faire jaser. Il avait ri, et on avait décidé d'entrer, surtout moi.

Là, de temps en temps, je lui tendais quelques papiers pour meubler la conversation, et j'épiais tout ce qui dépassait du bureau sans oser aventurer ma main dans une pile plus épaisse. Surtout à cause du regard de Denis qui en aurait été outré. Je critique pas. Il est même admirable de pouvoir se sentir outré à cause d'une main qui fouille dans des paperasses, après avoir été catapulté sur un fauteuil roulant par un chauffard sympa qui a aligné des foules de circonstances atténuantes et qui continue tranquillement sa vie.

Puis soudain, au milieu, un peu à droite, j'ai aperçu une écriture rouge et déliée, presque vulgaire, sur un billet à l'en-tête de la préfecture des Hauts-de-Seine. Me suis légèrement soulevée pour lire avec avidité les quelques mots tracés : « Nous ne pouvons pas donner suite à votre demande d'identification N|2024/75/158. Salutations », plus une signature administrative illisible comme il se doit pour les mauvaises nouvelles. J'avais ainsi le cou étiré et les yeux exorbités lorsque Mme Jouve est entrée excitée comme une furie.

Elle m'a agressée sous le regard médusé de Denis. Visiblement ma petite farce ne lui avait pas échappé. Ai tranquillement rédigé quelques mots qui l'ont exaspérée, pour lui expliquer qu'il était inutile de hurler contre une muette sauf à passer pour une lâche. Évidement in fine, c'est le pauvre Denis qui a ramassé sa colère, sans comprendre pourquoi le refus de la Cour des Comptes d'accepter le découpage par lots des marchés nationaux, pouvait lui attirer tant de reproches, d'autant qu'il avait de lui-même freiné, selon ses propres mots, un dossier dangereux dont il n'était pas à l'origine.

Quand on a été sorti, suis allée me réfugier dans le local de la grande photocopieuse. Avec l'envie de pleurer.

M'en sortirais jamais. Resterais vissée sur ce siège toute ma vie. Tout était contre moi. Ligué, ficelé, verrouillé. Il était inutile de demander le transfert du dossier d'enquête. L'obtiendrais jamais. Puisque le numéro d'immatriculation était sous embargo, le dossier des flics devait être gardé sur le plateau d'Albion sous deux mètres de béton.

Dur, trop dur. Avais envie de tout abandonner, tout arrêter, tout et tout. À commencer par moi.

Barthélémy m'a retrouvée ainsi prostrée. Il me cherchait depuis une heure, m'a-t-il dit, pour me raconter le savon que lui avait passé Mme Jouve. Puis avec un air touchant, il m'a demandé si ça m'avait fait très plaisir d'avoir joué ce tour à Mme Jouve. J'ai acquiescé du regard et lui avec un large sourire, il m'a dit que dans ce cas, il était content de s'être fait laver la tête.

Barthélémy Parpot
19 avenue de Verdun – 92000 NANTERRE
à

Monsieur Hautecour
Directeur de la DPMQ

Le 08 Décembre 1996

Cher Monsieur le Directeur,

Comme vous l'avez convenu entre nous, je vous informe de l'état d'avancement des actions que je mène auprès de Mlle Elsa Chauvière, avec la grande discrétion qu'il se doit envers une femme paralysée en la situation.

En ce qui me concerne pour ce qui la concerne, je vous avoue que suite à mon préavis défavorable, j'éprouve maintenant beaucoup-beaucoup de sympathie pour elle, à cause de sa grande gentillesse, et de son côté bien marrant (quoique amer je me rends compte). Comme elle est aussi bien intelligente, bien polie à jamais vous couper la parole avec tous ses bouts de papier, et qu'elle est aussi rudement jolie du visage, je dois reconnaître que je suis même très-très content de cette affectation.

Pour vous dire que mes affaires avancent, je vais vous raconter qu'hier je poussais Elsa dans son fauteuil et on s'est retrouvé face à face avec Robert complètement perdu comme à son habitude à cause de sa manie de jamais vouloir rien demander. Avant les gens nous le ramenaient, mais maintenant tout le monde s'en fout, et je passe des heures à le rechercher. La susceptibilité des aveugles est très agaçante, et celle de Robert surtout car il devient très violent.

Quand il a compris que c'était moi, il a commencé à m'insulter et à agiter sa canne dans tous les sens pour essayer de m'en filer un coup, et c'est alors qu'Elsa a élevé la voix avec des petits cris incompréhensibles, pour me défendre, même que Robert en a été tellement surpris, qu'il s'est laissé ramener une main accrochée au fauteuil, sans dire un mot. Ce qui est incroyable car il est toujours à vous expliquer que la vie est plus belle quand on la voit pas, et aussi à vous résumer la « Symphonie Pastorale » que je connais presque par cœur à cause de lui. Arrivé au deuxième étage, il a lancé son sujet favori, mais je lui ai lu un mot d'Elsa qui disait que c'était fabuleux de se laisser pousser assis plutôt que de mettre un pied devant l'autre et de marcher bêtement. Puis elle disait qu'il était inutile de se raconter des salades, et aussi que ça sert à rien de s'en prendre à moi qui suis « si gentil » avec tout le monde. C'est donc là que je voulais en venir, à « si gentil » qui sont ses propres mots écrits de sa main, et qui sont donc une preuve.

Je dois aussi vous informer pour la Commission Spéciale que mon frère et ma belle-sœur reçoivent Elsa le 18 décembre au soir chez eux, à Aubervilliers et qu'elle a accepté l'invitation. Je suis très content car c'est la première fois que j'emmènerai une femme avec moi. D'habitude c'est moi qui vais chez elles une fois par mois à trois cents francs, mais avec l'accord du Père Dom Clément qui ferme les yeux sur le péché de chair dans certains cas dont le mien.

Mathieu est très tolérant et il n'a pas eu de mauvaises remarques sur la paraplégie. J'ai senti aucun racisme dans sa voix mais plutôt de la joie et du soulagement vu mon contentement non dissimulé. J'ai même osé lui demander de mettre son uniforme de militaire de carrière pour impressionner Elsa. Et ma belle-sœur qui ne m'aime pas trop, a dit qu'on devrait inviter la moitié de la garnison si on voulait vraiment m'aider. Mathieu lui a fait les gros yeux, et elle a promis de mettre les plats dans les grands et de faire un apéritif dînatoire qui serait plus à la mode qu'un repas normal. Moi j'aurais bien aimé un vrai repas mais j'ai pas osé le dire vu les sourcils au ciel qu'elle avait. Enfin je sais déjà qu'il y aura du Champagne et des fleurs partout parce que c'est Mathieu lui-même qui s'en occupera.

Je n'ai pas voulu vous inviter à cette première soirée pour ne pas donner un aspect trop administratif à notre histoire d'amour et je n'ai pas invité non plus le Père Dom Clément pour pas laisser croire à un arrangement déjà préparé avec l'église, mais je souhaite vivement que vous acceptiez d'être mon témoin au jour important du mariage qui se passera devant le Père Dom Clément.

Quoi qu'il en soit, je vous tiendrai au courant, Monsieur le Directeur, du résultat de la soirée car c'est grâce à votre clairvoyance que tout se passe comme j'ai envie que ça se passe. De toutes les façons, je ne pourrai jamais supporter une deuxième humiliation comme l'autre soir, surtout devant ma seule famille. Je m'excuse d'insister mais il y a encore les questions sous-entendues qui me gênent, car vous ne m'avez toujours pas répondu, et il risque d'y avoir bientôt urgence.

Je vous prie d'agréer mes remerciements.

Barthélémy Parpot

CAHIER D'ELSA CHAUVIERE

Ma piste est bonne. Dans dossier figurent photocopies des cartes grises des cadres qui ont l'obligation d'avoir une assurance professionnelle « Affaire ». En ai passé 72 aujourd'hui. 159 depuis le début. Encore rien. Doit bien en rester autant à compulser. Mais vais trouver. Cartons lourds à manipuler et chef archiviste refuse de m'aider. Furieux de me voir aller et venir avec mon fauteuil dans ses allées. Comme si elles étaient à lui. Dossiers sur troisième et quatrième étagère. Con de chef archiviste interdit aussi à son personnel de me parler. Barthélémy seul vient m'aider. Il est gentil, empressé, pressant, collant et lent, mais toujours prêt pour un coup de main. Il attrape les cartons, les descend, les remet, se trompe. Chef des archives est fou de rage mais Barthélémy s'en moque. Il sourit et acquiesce, mais continue imperturbable notre manège.

Il est pas très malin mais vraiment gentil. Il se précipite pour me pousser où je veux. Mieux qu'un moteur électrique. Je l'aime beaucoup car il est sans arrière pensée. Mon chariot est le sien, je le sens à la façon dont il s'en saisit. C'est bête mais ça me touche sincèrement. Je pourrais lui parler de moi. Je lui parlerai sans doute un jour. Première fois depuis 2581 CQA 75 qu'il me semble que je peux parler à quelqu'un qui n'a pas quatre roues sous les fesses.

Parfois le soir il me raccompagne chez moi. Je crois même qu'il ne vient en voiture que pour me raccompagner, parce que Bénazet dit qu'il ne le voit plus dans le métro.

Il me pousse jusqu'au deuxième sous-sol du parking, m'ouvre la porte, range mon fauteuil dans la malle. À la perfection. Après tout se gâte, comme dirait Agathe. Il conduit sa vieille Peugeot grise comme un sauvage. 2597 FGA 92. Peux pas m'empêcher de lire les plaques. Sa voiture tousse, cahote, brinquebale comme lui. Il racle souvent des voitures garées le long du trottoir. Je m'oblige à lui parler un peu, sinon il lit mes papiers et ne regarde plus la route. Il en arrive à s'arrêter au vert et à démarrer au rouge. Je hurle. Je crie « Attention » comme je peux. Alors il se reprend durant cinq minutes pour me faire plaisir, ensuite c'est giratoire à l'envers, vélo pas vu, etc. A déjà failli prendre Place de l'Etoile à contresens. Heureusement il roule à 30km/h maxi. Ça sauve mais énerve beaucoup les autres conducteurs. Avant-hier soir, tel raffut de klaxons par voitures bloquées derrière nous, qu'on aurait cru mariage, avec nous en tête de cortège. C'est rigolo d'exaspérer les chauffards !

A voulu m'inviter chez son frère, parce qu'il n'a plus ses parents. Drôle à mon âge être traitée ainsi. Depuis quelques jours il redouble de gentillesse. Sais pas pourquoi il est comme ça. Mais vais y aller. Peut-être.

Agathe me le déconseille. Dit que ce type est jobard et m'a confié sous le sceau du grand secret qu'il l'avait draguée. Comme si y avait déshonneur à se faire draguer. Déshonneur seulement à céder. Quand j'ai dit que c'était une invit dans sa famille, elle a fait une drôle de moue, et l'autre pimbêche de Laurence a dit « Ah bon ! » en gloussant. Des tartes se perdent. Comme j'avais l'air contente et que j'ai dit Barthélémy sympa, elles ont dénigré, râlé, et tutti quota. M'ont recommandé de pas y aller car le regretterais vivement. Filles incompréhensibles ! Ai dit qui regrette quoi de nous trois ? Ont pas compris ! Tant pis.

Déciderai le soir même, si j'irai ou pas. L'hémiplégie autorise gros mensonges. On peut même téléphoner un quart d'heure avant en inventant des douleurs à hurler. Compassion assurée et soirée tranquillité. Verrai bien. Vais jamais nulle part. Je devrais me forcer.

Au pire, deux papiers : un « oui », un « non », et tirer au sort. Mieux je mettrai aussi un papier « peut-être ».

« Hier matin, M. Pérard l'archiviste est venu me trouver avec mille précautions car il sait que j'apprécie Monsieur Hautecour, et que souvent dans les conversations je prends sa défense. Il redoute beaucoup l'animosité d'Hautecour à son égard, mais il a cependant estimé que son devoir était de me prévenir des agissements d'Elsa. Sa démarche n'était pas facile, il m'a demandé ce qu'elle cherchait et s'il s'agissait bien d'une mission qui lui avait été confiée par notre service.

« Pérard est un homme intègre. Lui et ses semblables sont les plus intransigeants gardiens de ce Ministère où ils ont usé leur vie. Je l'ai écouté avec une attention appuyée qui a fini par le troubler. Ses yeux ont accusé cette nostalgie qui rend les hommes si lisibles ! J'ai voulu l'encourager, lui donner raison, je suis allée m'asseoir à ses côtés pour lui parler à voix basse. Le frôler. Mon parfum a fait le reste. Je savais qu'il obéirait, et j'en retirais un certain plaisir, car il me plaît encore de voir plier la volonté d'un homme.

« J'ai longuement hésité, puis je lui ai conseillé d'adresser une note sévère directement au Cabinet du Ministre. Il m'a regardée avec un profond étonnement, puis il m'a dit à voix basse qu'il ferait ainsi. Brûler les étapes hiérarchiques lui donnait le sentiment de trahir. Pour lui j'étais Pandore prise en flagrant délit de perfidie. Je n'y pouvais rien et cela m'était égal. Je défendais Monsieur Hautecour malgré lui, et si au passage il en subissait quelques désagréments, il ne pouvait que s'en prendre à lui-même.

« D'ailleurs je ne comprenais pas pourquoi il était si compréhensif avec Elsa. Jamais habituellement, il n'avait cette indulgence aveugle. On eût dit qu'il était soudain devenu son obligé. Peut-être en savait-il davantage sur l'origine des recommandations qui avaient si rapidement propulsé Elsa au Ministère. Mais dans ce cas, je lui en voulais de ne pas m'en avoir parlé.

« Lorsque je lui ai expliqué les cachotteries d'Elsa et le stratagème odieux qu'elle avait monté pour fouiller mon bureau avec Denis, il a levé les yeux au ciel. Histoire de femme, a-t-il pensé. Ou pire d'hystérique.

« Il m'a simplement rétorqué avec ironie qu'il fallait encourager ceux qui se passionnent pour leur travail tant l'espèce lui semblait en voie de disparition. Il opposait sa bienveillance à ma certitude de femme. Quand je lui ai lancé à bout d'arguments que le dossier auquel elle s'intéressait, était classé « Secret » par la préfecture, il a paru déstabilisé mais peu disposé à revenir sur sa décision.

« Pour ma part j'étais désormais persuadée qu'on naviguait dans le bizarre, car habituellement Monsieur Hautecour réagissait au moindre faux pas des quotas pour alimenter la guerre de tranchées qui l'opposait depuis plusieurs années à M. de Pellepoix. Et je savais que la sympathie sincère qu'il semblait éprouver pour Elsa, n'aurait pas pu l'empêcher de saisir une si belle occasion. »

MINISTERE DES AFFAIRES INTERIEURES :

NOTE INTERNE	11/12/96
DE :	Monsieur Pérard Responsable des Archives
À :	Monsieur de Pellepoix Chef de Cabinet de Monsieur le Ministre

Monsieur le Chef de Cabinet,

Je suis désolé de faire appel à votre arbitrage, mais je dois vous signaler que Mlle Chauvière, soutenue par M. Hautecour, passe ses journées à compulser des cartons d'archives qui ne me semblent concerner ni son activité ni celle de la DPMQ.

Ne pouvant arrêter cette action par moi-même, ni en débattre sereinement avec M. Hautecour, il me semble de mon devoir de vous en informer. Seule une note de votre part à M. Hautecour pourra rétablir une marche normale de la consultation des archives.

Dans l'attente de votre décision et de l'attitude que vous souhaitez me voir tenir par rapport à Mlle Chauvière, je vous prie d'agréer l'expression de mes sentiments distingués.

CAHIER D'ELSA CHAUVIERE

Ai reçu une note d'Hautecour m'interdisant de retourner aux archives. Ai pas compris car c'est lui-même qui m'avait incitée, qui était content que j'aille embêter Pérard, ce vieux singe comme il l'appelle. Je comprends plus, il me restait encore vingt cartons à passer. Suis sûre que c'était une bonne piste.

Suis allée voir Agathe pour dire que je pourrais pas finir le travail commencé. Elle a dit pas grave vu que j'avais traité le principal, l'année en cours. Et moi de lui écrire : « Tu aurais pu avoir des statistiques, des tableaux, des graphiques, et montrer que tu travailles bien ». Ça l'a émoustillée car elle avait pas envisagé les choses sous cet angle. Ai espéré, mais elle a secoué la tête et il en est tombé une confidence :

« C'est pas possible. Il y a eu une note de Pellepoix pour t'affecter hors de la DPMQ comme l'avait initialement demandé Hautecour. En vérité c'est Pérard qui s'est plaint de toi, et Hautecour est ravi car il est arrivé ainsi à ses fins. »

Ai bien senti que la voie était bouchée. Restait Parpot mais hésitations à lui dire 2581 CQA 75. Lui ai finalement expliqué que je pouvais pas finir le travail commencé, que c'était dramatique d'amputer le travail d'une handicapée. L'image a porté. Barthélémy a voulu foncer chez Hautecour, l'ai arrêté et lui ai demandé s'il pourrait lui-même, en quelques semaines, en quelques mois s'il le fallait, photocopier toutes les cartes grises des cartons 1021A à 1042V. Ainsi avec toutes celles que j'ai déjà, je remettrais note de synthèse que je conclurais par ces mots : « Quand une handicapée entame une mission, elle la mène à terme. » Et dedans il y aura plein de renseignements intéressants, de rapprochements inattendus, d'histogrammes, bref une vision statistique de la carte grise tout à fait révolutionnaire. Il en est resté ébahi. Émerveillé. Il m'a promis juré et il est reparti en chantonnant « Elle la mène en terre ferme, elle la mène en terre ferme ».

Barthélémy Parpot
19 avenue de Verdun – 92000 NANTERRE
à

Mathieu Parpot
Le Fort, Btm 15 – 93300 AUBERVILLIERS

le 16 Décembre 1996

Mon cher Mathieu,

Je dois te raconter ce qui vient de m'arriver car c'est la première fois de ma vie que j'entreprends une action jusqu'au bout, et c'est tellement épatant que tu seras fier de moi, comme Elsa, du moins je l'espère. Mais pour bien comprendre, tu dois savoir que je veux offrir à Elsa un joli cadeau original qui ne serait pas du parfum ou un gilet en laine, et aussi que quand on confie une mission à un handicapé, il la mène en terre ferme à fond les manettes. Et ma mission à moi, c'était de faire des photocopies dans les cartons 1024A à 1042V de la dernière étagère.

Seulement comme Pérard le chef des archives ne m'aime pas bien, il valait mieux que j'y aille quand il serait pas là. Il n'y avait qu'Agathe pour le dire car c'est elle qui s'occupe des congés de tous les gens, ce qui d'ailleurs m'embête bien parce qu'après ce qui ne s'est pas passé entre nous, je peux plus m'adresser à elle. Heureusement que Sébastien est mon ami et qu'il a souvent des idées à ma place, même si elles marchent pas toujours très bien comme justement le soir avec Agathe chez lui.

Hier je suis allé le trouver pour lui raconter toute l'histoire de ma mission. Il m'a tout de suite promis de m'aider, même qu'il est allé distraitement interroger Agathe, et que c'est comme ça, grâce à lui, que j'ai su que Pérard avait pris sa journée du 16 décembre.

Bien sûr en un jour je pouvais pas tout faire, mais il y allait de l'honneur des gens du quota, et quand j'ai eu expliqué la mauvaise chicanerie qu'on avait faite à l'un de nous et la volonté d'Elsa d'aller au bout de la statistique révolutionnaire sur la carte grise, pour l'honneur de tous, Nelly a dit d'accord, Denis a assuré qu'il en était, Raymond aussi, Sylviane que j'aime pas à cause des gros mots qu'elle dit toujours, s'est exclamée : « Putain j'en suis ! », Robert voulait mais comme il est aveugle, ça nous aurait plus gênés qu'aidés, on a aussi pris Jacques l'albinos ce qui a vexé Robert qui a agité ces poings partout, même que j'ai dû reculer car il fait peur.

Le 16 décembre à 8h30, on est tous arrivé aux archives et on est tombé sur Mlle Fleury qui a cru que le Ministère lui tombait sur la tête. On lui a dit qu'on venait en mission secrète comme convenu avec M. Pérard. Elle était pas au courant ce qui était normal vu que c'était un mensonge. Alors Robert qui était venu quand même, a dit « C'est pour Pellepoix au Cabinet ». Mlle Fleury a eu l'air encore plus embêtée, et même paniquée, et elle a dit qu'elle allait leur téléphoner. Moi j'en suis devenu blême encore que je me sois pas vu car il y a jamais de miroir aux archives, mais heureusement Nelly dont le nez dépassait à peine du bureau a dit « Moi, à votre place, je ferai pas une telle ânerie ». Silence méfiant en face. « Parce qu'ils vont comprendre, a-t-elle poursuivi de sa petite voix, que Pérard a oublié de vous avertir... Et pour un truc aussi important, ça la fout mal. Et lui à son retour, il va se dire que vous l'avez dénoncé en haut lieu ! »

« Mais c'est pas ce que je veux » qu'elle a répondu apeurée parce que Pérard la mène à la baguette, d'après ce qu'on dit dans la maison. Alors j'ai dit qu'elle nous laisse faire, qu'on serait discret, car quand il s'agit d'une mission secrète, on peut pas être voyant.

« J'arrête pas de le dire » a dit Robert qui commençait à m'énerver car tout aveugle qu'il est, il vous colle toujours.

Bref on s'est installé, Denis à table avec Nelly et Raymond, Sylviane à la photocopieuse, Robert pour faire le trajet entre eux, Jacques et moi pour attraper et remettre les cartons. Elsa n'est pas venue car elle le savait pas vu que je voulais lui faire la surprise, et aussi comme elle était pas encore tout à fait titulaire invirable, il valait mieux qu'elle désobéisse pas à la note de Monsieur Hautecour.

Jacques, avec les néons, y voyait pas et avait le nez collé aux étiquettes. Il descendait un carton, puis le remettait dès que l'équipe Nelly-Robert-Sylviane avait fini de photocopier les cartes. On entendait toujours Sylviane râler sur le photocopieur parce que des feuilles se coinçaient et qu'avec un seul bras, c'est pas commode de les récupérer ni de mettre la recharge de Tonner. Et on voulait pas demander à Mlle Fleury parce qu'on avait mis plus de désordre qu'on croyait, surtout Raymond avec sa poliomyélite et ses gestes incontrôlés, en plus qu'il tremble maintenant même que les docteurs se demandent s'il n'y a pas du Parkinson là-dessous. Puis Denis qui est nerveux, s'est énervé et Nelly avec ses petits bras n'attrapait plus les dossiers, alors comme l'heure allait vite, à la fin c'est Jacques qui remettait tous les papiers au hasard dans les cartons, pas par malveillance mais parce que finalement, malgré ce qu'il raconte, il voit rien. À midi, on était arrivé au 1039A. Il restait encore six cartons mais on avait un gros tas de photocopies, peut-être même 78, qui permettraient d'avoir des statistiques révolutionnaires.

Mlle Fleury est arrivée à l'improviste, et a semblé horrifiée de ce qu'elle a vu. Elle a voulu nous faire sortir vu qu'à midi on mange, mais Nelly m'a murmuré que si on sortait, elle nous laisserait pas revenir. On a tergiversé puis Nelly a dit qu'on avait plus que quatre cartons à voir, qu'on allait les finir puis qu'on remettrait tout bien en ordre comme on l'avait trouvé. Mlle Fleury a dit qu'elle contrôlerait car elle avait bien noté l'étagère qu'on avait touchée.

Finalement on est parti à 15 h 00, tout fini, moi avec sous le bras un paquet de cent vingt copies. Dans les yeux de tout le monde, y avait pas qu'un peu de fierté, et moi j'étais en plus ravi de tout et de la surprise que j'allais faire à Elsa. C'est dommage que Sylviane m'ait crié dans l'escalier : « Eh cono, fais gaffe à pas les perdre, parce que je ferai pas tourner cette putain de bécane une deuxième fois. »

Voilà tout s'est passé exactement comme je l'ai dit, et je suis très fier d'avoir conduit cette expédition, même que les autres du Quota étaient impressionnés que je défende aussi bien l'honneur des handicapés. Il y avait de la reconnaissance sincère dans leur regard, et je suis tellement habitué aux moqueries que je sais bien reconnaître quand c'est du vrai. D'ailleurs ce doit être ça le miracle de l'amour qui transforme comme on dit dans les films.

Il me tarde beaucoup maintenant de voir les yeux d'Elsa quand je vais lui offrir son cadeau, après demain soir chez toi, ou après selon comme je le sentirai. Mais surtout je te prie de bien garder mon secret à cause de la surprise nécessaire aux grandes joies.

Barthélémy

Barthélémy Parpot
19 avenue de Verdun – 92000 NANTERRE
à

Monsieur Hautecour
Directeur de la DPMQ

le 18 Décembre 1996, à 23 h 30

Monsieur le Directeur,

Je vais vous raconter ma soirée avant de me coucher, pour que vous puissiez rapidement informer la Commission Spéciale qui doit être impatiente de savoir comment se déroule la politique qu'elle met en place pour les gens défavorisés de l'amour tels que moi.

Je m'étais donc préparé depuis la sortie du bureau avec une chemise à petits carreaux bleue que j'avais achetée exprès et mon costume gris qui porte chance, celui de la rue Vaugirard, et des souliers cirés à neuf. Elsa avait eu mal à la tête toute la journée, et en partant je lui avais redonné l'adresse de mon frère Mathieu, au 8ème étage droite à Aubervilliers, puisqu'elle voulait absolument pas que j'aille la chercher, ce qui aurait pourtant été le plus simple pour tout le monde. J'avais pas osé insister parce que je me souvenais combien Annette, l'assistante sociale des Pradettes à Toulouse, m'avait recommandé de pas insister quand les gens voulaient pas.

C'était prévu à 20 h 00, mais à 19 h 45 tous les invités étaient là sauf Elsa bien sûr. Moi j'aurais voulu que le parrain et la marraine de ma belle-sœur Brigitte ne soient pas là. Ni les voisins car même si ce sont des amis de palier de longtemps, il n'empêche qu'ils ne sont pas de la famille et donc pas concernés par l'intimité. Brigitte a été très déçue que je ne veuille pas vous inviter mais je trouvais que c'était encore trop tôt car sait-on jamais comme je vous l'avais dit.

Brigitte disait que bien reçu vous seriez sensible à la déférence et que je pourrais me mettre en valeur et me faire bien apprécier et que c'est comme ça qu'on progresse dans la vie. Moi j'aime pas ces manières, d'autant que je savais que c'était pour vous caser son petit frère qui est un bon à rien et un voyou depuis quatre ans. De dépit, elle a dit que dans ce cas elle en profiterait pour rendre en même temps des invitations qui lui cassaient les pieds et qu'elle interdirait à Mathieu de se mettre en uniforme de lieutenant.

Mais Mathieu qui est un vrai frère pour moi, a quand même mis son uniforme et sa chemise repassée avec les trois plis horizontaux réglementaires comme il me l'avait expliqué. Par contre il avait rien pu empêcher contre les voisins, le parrain et la marraine qui étaient des modestes comme notre maman et papa qui sont morts tous les deux, ni contre une amie d'école de Brigitte ou son grand cousin à lunettes de passage pour la semaine.

Moi j'avais seulement demandé qu'on invite Denis qui est un de mes collègues au Ministère et qui est handicapé avec aussi un chariot. Histoire qu'Elsa ne se sente pas perdue, et aussi parce que Denis a un regard doux qui encourage surtout avec son accent du Sud-Ouest qui roule les « R » comme des cailloux.

Brigitte avait mis une robe en velours bleu très belle, avec des diamants dans le décolleté, et tout ce qu'elle avait parce qu'elle voulait montrer qu'elle était la plus forte et être enviée. Moi ça m'embêtait parce que j'aurais aimé qu'Elsa soit la vraie reine et bien qu'elle était rudement plus jolie que Brigitte qui a un gros nez de travers, elle pouvait pas avoir d'aussi beaux bijoux ni mettre des robes comme les reines sous Henri IV.

Il était 20 h 05, et ceux qui étaient là, lorgnaient déjà sur les petits fours et les bouteilles, mais je montais la garde avec les cent pas devant la table, parce qu'il y en avait pas beaucoup. Et puis quand ça commence, ça s'arrête plus et il resterait rien quand Elsa arriverait.

Denis s'était mis à parler des accidents de la route avec le parrain. À côté, Brigitte alignait des mines de dame devant sa marraine, son amie d'école et son grand cousin. Les voisins restés à l'écart comme deux piquets endimanchés, et visiblement déçus par l'assemblée, se contorsionnaient pour regarder discrètement leur montre. Comme si je les voyais pas. Il était 20 h 20, et je commençais sérieusement à trépigner entre la table et les plantes vertes, à allumer la télé puis une cigarette, et à éteindre tout en même temps, et à aller voir dans la poche de mon manteau si l'enveloppe beige était toujours bien là. Brigitte, aidée maintenant par la voisine qui voulait pas s'éterniser là, était en train de créer une coalition pour l'ouverture des bouteilles de Champagne. Il était 20 h 25, et je ne pouvais pas ne pas envisager le pire. Et le pire c'est que quand on l'envisage, il finit par vous arriver, comme si vous obteniez finalement ce que vous avez désiré. J'ai murmuré discrètement à Mathieu qu'il fallait attendre pour commencer. Il a regardé l'heure avec un oeil noir parce que un militaire, ça a beau être votre frère, ça ne plaisante pas avec l'horaire. Et même lui qui est très gentil pour moi, il a dit que nous allions patienter encore un peu mais que si elle arrivait pas bientôt, ce serait tant pis pour elle. Moi j'ai pensé que ce serait surtout tant pis pour moi, et j'ai regretté d'avoir invité Elsa ici, surtout avec cette Brigitte, sauf que j'avais pas d'autre endroit avec des gens. En plus je voyais bien que ce serait pas possible de donner ici le cadeau qui ferait plaisir à Elsa. Parce que personne ne comprendrait que cent vingt photocopies peuvent être un cadeau de fiançailles plus beau qu'un bijou à cause de la « terre ferme ».

Denis copinait de plus en plus avec le parrain qui s'était assis sur une chaise pour être à sa hauteur. Le cousin à lunettes se grattait le nez sans arrêt. La copine d'école semblait fascinée par la réussite de son amie et finalement alors que tout le monde semblait s'occuper et oublier le retard, il a fallu que ma belle-sœur lâche : « Puisqu'elle n'arrive pas, je propose d'ouvrir la bouteille qui la fera venir, si elle doit venir ahah. » J'ai lancé un regard paniqué vers Mathieu qui n'a pas bougé un seul cil tellement il était excédé par le retard d'Elsa et qu'il venait de changer de camp. En plus affamé comme tout le monde l'était, ça allait se ruer et il resterait rien pour Elsa sauf ce que j'arriverais à cacher.

À ce moment Denis de sa voix chaude, a proposé d'attendre encore dix minutes car, a-t-il dit, avec un chariot roulant on ne fait pas toujours ce qu'on veut, et en riant il a demandé quel était celui d'entre nous qui ne s'était jamais garé sur une place réservée aux handicapés. Il a fallu que la copine imbécile dise « Moi » en levant le doigt, mais ça a semblé tellement stupide à tout le monde que même Brigitte en a rougi. Et dans le long silence de gêne qui a suivi, Denis m'a adressé un rapide clin d'œil, et moi je l'aurais porté sur mes bras jusqu'à la fin de sa vie par reconnaissance.

20 h 45. Sûr qu'elle allait pas venir. Parce qu'elle avait un Destin, et finalement moi aussi sans le savoir. Mon Destin était de rester toujours seul, sans amour et sans épouse. Parce que jamais quelqu'un pourrait se plaire avec moi, ce qui est pas juste vu que moi je peux me plaire avec tout le monde. Elle allait me téléphoner un mensonge, un truc de maladie, c'était sûr, un truc où vous êtes obligé de dire « oui oui » compatissant et tout sauf qu'au fond de vous, vous savez bien que vous n'êtes pas dupe, même si ce serait tellement plus agréable d'être dupe justement. Et mon cadeau je le lui donnerai demain ou jamais. Ou je le lui donnerai comme un cadeau d'adieu en lui disant que j'aurais pu lui faire des millions de photocopies toute notre vie durant si seulement elle l'avait voulu.

À 20 h 50 tandis que pour la trois centième fois je remettais les assiettes en place, je lissais de la main la nappe blanche, je redressais une fleur qui commençait à se courber, mon frère a proposé une excuse : On aurait dû aller la chercher et ne pas la laisser se déplacer seule la nuit. J'ai réagi pour dire qu'elle n'avait pas voulu. Puis le silence s'est compliqué encore. Brigitte regardait désormais tout le monde à la dérobée, vexée de voir les voisins et les autres assister à ce qu'elle ne doutait plus être une Bérézina. J'ai même entendu cette méchante dire aux uns et aux autres des choses comme « bonne action », « Mathieu est très bon », « on s'y attendait », « c'était notre devoir » ... Bref de pas être solidaire comme il se doit dans une même famille.

C'était presque neuf heures, les visages meurtris par une heure de rictus, commençaient lentement à s'allonger, et les bouches à parler de plus en plus haut. Mathieu voulait me calmer vu que j'étais agité mais il masquait mal son impatience.

Neuf heures moins cinq. La question de l'attaque des petits fours est revenue dans l'actualité, mais moi j'étais maintenant trop malheureux pour m'intéresser à ça. Brigitte a dit qu'il était inutile d'attendre davantage, et Mathieu, par charité avec un petit geste de consolation vers moi, a donné 21 h 00 comme dernier délai, et mon accablement aidant, il fut décidé d'attendre jusqu'à 21 h 05. Sauf qu'elle est arrivée à 21 h 03 !

Je crois, Monsieur le Directeur, que maintenant que vous êtes rassuré, je vais m'arrêter parce qu'il est déjà minuit passé et qu'il est temps que je fasse les beaux rêves que j'ai dans la tête ce soir. Je continuerai demain après le travail dans une deuxième lettre sur ce qui s'est passé ensuite, mais je préfère vous rassurer immédiatement, c'étaient des choses du bonheur comme on en voudrait souvent.

Je vous prie d'agréer une bonne et heureuse nuit.

Barthélémy Parpot

CAHIER D'ELSA CHAUVIERE

Suis arrivée avec un peu de retard. Une heure. À cause des nombreux tirages au sort : Y aller/Ne pas y aller/Peut-être. Dur de décider.

Ai déboulé avec ma robe vert pâle, telle une jeune reine sur son trône roulant, sans un mot d'excuse, avec un regard moqueur sur le buffet et une gentillesse polie et forcée. Histoire d'éviter les scènes d'explication.

Ils étaient huit plus Barthélémy. L'ambiance a été dure à dégeler car mon système de bouts de papier déconcerte. Et comme je n'avais pas affaire à des as de la conversation, les silences ont été aussi nombreux que longs. Personnellement ils ne me dérangent pas. Barthélémy était ravi, il s'occupait de moi, répondait à ma place, et il suffisait que j'acquiesce en le regardant droit dans les yeux pour qu'il fonde et poursuive.

Ai jamais été autant examinée, scrutée, dévisagée… Se sont pas gênés. C'est la loi du genre pour l'intro dans une belle-famille. L'avais déjà vécu chez mon Ex, mais avec le fauteuil en plus, ai été propulsée dans le « top cinq » des meilleures animations de l'année ! Le chœur des femmes a été le pire. Ai assuré dans la banalité et l'esquive. Ai surtout attendu que ça passe.

Me suis pris quelques confidences de Mathieu qui n'a pas hésité à me lancer une vacherie sur mon retard. Ça m'a plu. Ai répondu, mes yeux dans les siens, que j'avais eu des difficultés à choisir ma robe. Je n'aime pas tellement les militaires mais il m'a paru sympa sauf que j'imagine pas un type sympa vivre avec une imbécile de la trempe de Brigitte. Encore que suis mal placée pour causer. Voir mon Ex et moi, et me taire. Sa Brigitte ressemble à une shampooineuse parvenue qui croit régner sur le monde. C'est toujours au comportement avec les plus humbles qu'on mesure l'intelligence des gens. Elle a voulu me la jouer grande bourgeoise au rythme d'une faute de français toutes les deux phrases. Et des grosses ! Ai tout laissé filer sauf quand elle m'a dit avec l'air supérieur « Ainsi vous allez vous marier avec ce pauvre Barthélémy », et moi d'écrire « Je ne crois pas, je n'aime pas les militaires et je détesterais avoir un bidasse dans ma famille ». Elle a failli en avaler son petit four de travers. Ensuite suis plus longuement restée avec le parrain, un brave homme qui voit rien passer, et avec mon ami Denis. On se racontait nos malheurs respectifs, et on riait bien ensemble, même le parrain qui en avait aussi de bonnes sur la marraine. Puis Mathieu, avec une certaine gentillesse je dois le reconnaître, m'a attirée à l'écart pour me faire l'éloge de son frère. Il a promis toute son aide au nouveau couple que nous allions former. Ai vraiment trouvé ça débile. Il a évoqué avec délicatesse certaines insuffisances peu graves de Barthélémy. Ai rétorqué avec même tact sur celles de Brigitte. Ai marqué le point gagnant.

Puis j'ai repris le tour d'honneur et Barthélémy son rôle de chaperon. Les âneries que j'ai dû entendre, auraient fait bondir un tétraplégique. J'ai bravement souri à tout. Sauf à la tirade sur l'acceptation des tourments de la vie, prononcée par la voisine qui sait tout. Cette femme qui n'a jamais quitté son canton, expliquerait le bouddhisme à un moine tibétain !

Il y a eu aussi le cousin débile qui a cherché à se faire mousser à mes dépens devant la copine d'école sur laquelle il lorgnait depuis son arrivée. « Accident de circulation ? » m'a-t-il lancé l'air facile. « Non, suicide raté » ai-je écrit. Il est devenu écarlate. Lui a rien manqué au neuneu. En moins de deux papiers, la copine d'école a rejoint mon camp. Et quand l'heure du départ est venue, après les poignées de main, me suis hissée vers lui pour l'embrasser avec la bouche tordue et bien baveuse. Histoire de le mettre définitivement mal. Ai parfaitement réussi. Puis ai vite repris mon masque de gentillette pas compliquée. J'ai lancé un baiser de la main à Denis, et promis sur un bout de papier, pour répondre aux supplications de Brigitte, que la prochaine fois j'articulerais quelques mots. Il était déjà onze heures.

Barthélémy est sorti, tel un jeune seigneur triomphant, en poussant mon fauteuil vers l'ascenseur.

Ma plus grosse surprise restait à venir.

Barthélémy Parpot
19 avenue de Verdun 92000 NANTERRE
à

Monsieur Hautecour
Directeur de la DPMQ

le 19 Décembre 1996

Monsieur le Directeur,

Je vous écris la deuxième lettre promise pour que vous sachiez combien je suis heureux grâce à vous, parce qu'Elsa Chauvière est venue dans ma famille hier soir comme vous le savez déjà, et qu'elle a fait une excellente impression à tout le monde et même aux voisins ce qui est remarquable car d'après Brigitte rien ne leur convient normalement.

Tout s'est bien passé avec des conversations intelligentes et amicales, et assez de Champagne pour tout le monde. L'heure a passé très vite avec même des rires parfois et des allusions sur les choses du mariage qui n'ont pas fait rougir Elsa, ce qui est bon signe pour l'acceptation. Il a donc été vite l'heure de partir et j'en arrive là parce que c'est le plus intéressant.

J'ai raccompagné Elsa au taxi que mon frère lui avait commandé.

Dans l'ascenseur, j'aurais pu mais j'ai préféré seulement lui dire que dans quelques jours je lui ferai une déclaration importante. Avec deux papiers accolés elle a dit « Pourquoi Pas maintenant ? » J'ai dit que cela méritait un autre lieu que l'ascenseur et je me suis penché vers elle, pour l'embrasser sur la joue, mais elle a brusquement tourné la tête et nos lèvres sont entrées en contact. Elle n'a pas sursauté, si bien que je sais pas si tout cela est le fait du hasard, du brusque ralentissement de l'ascenseur ou d'un acte délibéré de sa part, vu que moi je ne visais que la joue. Et ça, j'en suis sûr.

Après j'ai pensé à elle sans pouvoir m'endormir bien que j'aie du mal à me la raconter vu que je sais rien d'elle. Je veux dire qu'elle m'a rien raconté de sa vie à part l'accident, la fuite de son Ex et qu'elle vit seule avec un Destin à accomplir fixé droit devant elle depuis un certain jour, et dont rien ni personne ne la détournera. Je ne sais pas si je peux en faire partie sans rien déranger mais je regrette de pas avoir posé la question dans l'ascenseur car maintenant je serais fixé. Ça changerait évidemment rien parce que la machine à sentiments s'est mystérieusement mise en route dans mon cerveau, et elle tourne si fort que même à l'époque où je désirais avoir une petite amie, je n'imaginais pas à quel point ça pouvait être révolutionnaire pour le plaisir d'être en vie. Je veux dire que quand la machine à sentiments marche, il n'y a plus de question de l'existence à se poser car tout est évident désormais pour soi.

Une fois descendu de l'ascenseur, dans le hall éclairé, j'ai sorti de caché sous ma veste, l'enveloppe beige qui contenait le cadeau pour ma petite Elsa. Elle a feuilleté les cent vingt photocopies du bout du pouce, l'air bouleversé, l'œil humide, ce qui a déclenché aussi chez moi une larme de joie mais aussi un peu de malaise, comme si je venais de faire une bêtise, à cause de l'extrême froideur qui a brusquement traversé les yeux d'Elsa. Enfin demain je lui offrirai un grand bouquet de tulipes parce que le cadeau d'hier soir que je peux pas vous décrire davantage, n'était pas assez intime, quoique bien trop personnel, m'a-t-il semblé à un moment.

Enfin tout cela dit bien le bon engagement du projet dans la bonne voie. Je sais que tout cela est grâce à vous et à la délibération de la Commission Spéciale. Je ne sais pas comment on remercie une Commission Spéciale, sinon croyez bien que je le ferais.

Dans l'attente, je reste votre dévoué contribuable et je vous prie d'agréer mes dernières salutations.

Barthélémy Parpot

CAHIER D'ELSA CHAUVIERE

Jaieudelachance.
Expiration/Inspiration
Jaieu dela chance.
Expiration/Inspiration
Jai eu de la chance. 2581 CQA 75 dans le paquet de photocopies que m'a remis Barthélémy.

En fait double chance : 2581 CQA 75 est à portée de ma main. Je connais à peine cinquante personnes dans tout le Ministère et je tombe sur l un d eux, sur un que j ai identifié. Dont je sais situer le bureau. Ai la chance désormais.

Objectif Deux atteint.

Objectif Trois en piste.

Je ne m'attendais pas à ce que Barthélémy, si lourdaud d'habitude, m'amène ces photocopies. En ai été sincèrement émue. Je ne regrette pas d'être allée à cette soirée. Mathieu a bien été un peu pot de miel à ne pas me lâcher la roue et à vouloir me coller son frère. Mais rien de bien méchant, hormis cette Brigitte qui est le type de bécasse sûre d'elle que j'exècre par-dessus tout !

Aurai encore besoin de Barthélémy. Ai bien fait de l'embrasser sur les lèvres. Son air ravi et étonné l'aurait même rendu touchant. Suis surprise d'avoir éprouvé un instant d'émotion. Avec celui-là qui plus est, même si les photocopies étaient une bien belle preuve d'amour. Avant 2581 CQA 75, je rêvais de grands bruns intelligents, brillants, sportifs, séducteurs, cultivés…

Maintenant tout cela semble ridicule.

L'important pour aujourd'hui et pour Objectif Trois, c'est mon Parpot. Il est amoureux de moi, il veut m'épouser, mais n'a pas osé me le dire. Il me dévisage, ses yeux s'illuminent, sa main tremble. L'amour, aussi bien que la mort, touche les êtres avec la même puissance. Sans distinction. C'est une belle raison de vivre pour les gens debout.

J'étais donc rentrée chez moi à onze heures du soir. Avec un mal de tête à hurler ! Je ne suis plus habituée. Me suis précipitée sur mon remède miracle, ai vite compté mes douze gouttes dans un verre d'eau. Dix minutes pour calmer la douleur de la tempe qui tape. En attendant la fin des battements, j'ai commencé à parcourir les photocopies. Je tremblais à chacune. Parfois mon oeil sautait, et les lettres s'embrouillaient, mais je poursuivais sachant que je repasserais minutieusement tout le paquet dès que la douleur de la tempe qui tape, aurait cessé. Et puis elle a été là, semblable aux autres, anodine, avec 2581 CQA 75 écrit en haut à gauche, et la ligne de l'adresse bien remplie.

Je l'ai regardée longtemps, et je me suis endormie la feuille entre les mains, la lampe encore allumée. Et j'ai rêvé de lui toute la nuit. Pour la première fois depuis trois ans je n'ai pas rêvé que je marchais. Pour la première fois depuis trois ans, je me suis réveillée heureuse, et non avec cette lourde tristesse d'avoir couru toute la nuit à perdre haleine, et d'ouvrir les yeux sur mon engin à quatre roues. Cette fois j'avais suivi 2581 CQA 75 se défilant dans les couloirs du Ministère, et à mon réveil, au lieu de le perdre, je savais que j'allais le retrouver pour de vrai.

Objectif Trois allait être somptueux.

Plus dur qu'Objectif Deux mais tellement plus accessible avec 2581 CQA 75 cadré, croisé, et reconnu. Le salaud vit bien. Pas de ride de remords. Pas d'inassurance, d'hésitation. Demain sera long pour lui.

Objectif Trois sera grandiose. Serais réellement stupide si j'y arrive pas. Vais l'avoir au bout de mon fusil. Va voir mon cher 2581 CQA 75, ce qu'est la vie. Va apprendre, va réviser les leçons ratées, et les ressassera longtemps. Les escarres aux fesses, la calciparine pour agiter le sang... Va pas être facile d'apprendre tout ça à son âge, lui faudra de la bonne volonté.

Ai pas encore apaisement. Viendra sûrement après Objectif Trois. Mais ai déjà un peu de bien-être, car je l'ai maintenant dans mon collimateur.

Ai eu de la chance. Beaucoup de chance depuis quatre mois. Si ça continue, je rencontrerai bientôt le chirurgien qui sait recoudre les cellules du cerveau entre elles !

F

PREFECTURE DE LA SEINE

Partie à découper lors de la cession ou de la destruction du véhicule

N° IMMATRICULATION (A) 2581 CQA 75

DATE 17/05/1989

DATE DE 1er MISE EN CIRCULATION(8) 17/05/1989

NOM (C) Prénoms (D) Hautecourt François

NOM d'usage

DOMICILE (E) 87 RUE MICHEL ANGE

COMMUNE 75116 PARIS

GENRE	MARQUE (F)	TYPE
VP	Renault	R 25

N° dans la SÉRIE du TYPE (G)	CARROSSERIE	EN.	PUISS.	Pl. ass.
VF7X44A0852	CI	ES	09	05

LARG.	SURF.	POIDS T.C.	POIDS à vide	POIDS T.R.	Br. (dBA)	Rég. mot. (tr/mn)

DATE et N° CERTIFICAT PRÉCÉDENT

DROITS PAYÉS SUR ÉTAT

TAXE RÉGION 1250 F

TAXE PARAFISC.

TOTAL

DATES VISITES TECHNIQUES (Application des articles R. 117-1 à R. 122 du Code de la Route)

PREFECTURE DE LA SEINE – R-2 –

Pour le Préfet
L'Attaché Chef
du Bureau de
la Circulation

Le Préfet,

MINISTÈRE DE L'INTÉRIEUR

941A 47521

MINISTERE DES AFFAIRES INTERIEURES :

NOTE INTERNE	21 décembre 1996.
DE :	M. Hautecour Directeur de la DPMQ
À :	Monsieur de Pellepoix Chef de Cabinet de Monsieur le Ministre.

Monsieur le Chef de Cabinet,

J'ai pris bonne note de la plainte de M. Pérard concernant le regrettable incident du 16.12.96, et les curieux agissements de certains membres du quota au sein des archives. Dans sa note il est clairement fait allusion à une manipulation que j'exercerais sur ces personnes, et il s'en faut de peu qu'il peigne ces malheureux en bandits de grand chemin, et moi-même en dictateur régnant sur une armée de l'ombre. Ces délires extravagants ne méritent pas de réponse.

En revanche, je profite de cette occasion pour vous rappeler mon étude du 10.07.91, et vous dire que dès cette époque je soulignais

– que les exigences et les manquements des membres du quota, assurés, plus que tout autre, d'une impunité quelle que soit leur attitude, devenaient difficilement gérables au vu des autres employés de la Division.

– que les notions de productivité personnelle, d'efficacité individuelle ou d'objectif décentralisé que nous tentions alors de mettre en place au travers des entretiens annuels d'évaluation, étaient battues en brèche par des exemples navrants non sanctionnés.

– qu'un projet visant au reclassement des membres du quota dans des associations extérieures était envisageable, qu'il aurait le mérite, à salaire préservé, d'éviter les entraves au fonctionnement normal de notre Ministère, mais que sa mise en place exigeait une volonté politique certaine.

– que ces propositions donneraient, en interne, un nouvel élan basé sur la reconnaissance des efforts de chacun.

J'espère que vous conviendrez, Monsieur le Chef de Cabinet, que j'avais déjà en 1991 une vision prospective de la présente situation.

Je suis par ailleurs toujours prêt à examiner en toute discrétion, les moyens de mettre en œuvre une telle politique contractuelle, qui devrait nous conduire à terme à redéployer nos aides de manière moins contraignante.

CAHIER D'ELSA CHAUVIERE

Ce que j'aurais aimé, c'est me venger de ma main. 2581 CQA 75 d'un seul geste rattrapé par celle qui geignait dans son tas de ferraille tandis qu'il se faufilait dans la circulation. Pour échapper. Mais ne rêvons pas. Suis pas en état. Surtout pour la forme de vengeance précise que je veux.

Aurai besoin de mains étrangères. Du concours de Parpot aussi. À y réfléchir, je n'ai que lui pour m'aider. Je me suis coupée de mes amis depuis de longs mois déjà. Peux pas retourner vers eux pour ça. Déjà qu'ils supportaient plus mon obsessionnel 2581 CQA 75. Y aurait bien Sébastien, mais celui-là je le comprends pas. Il se dit situationniste. Certains jours anar. Il aime provoquer, nuire, détruire. Mais pourquoi ? Que veut-il ? Qu'aime-t-il ? Mystère. Je peux pas me mettre entre les mains de quelqu'un dont je ne discerne pas les motivations.

Ce sera donc appui logistique de Parpot et mise en œuvre par des étrangers. Ai conservé l'article de « l'Echo des Réseaux » de Mai 96, sur le recrutement des hommes de main sur Internet. C'est un peu risqué, mais je saurai protéger Barthélémy si nécessaire. Moi, je me moque d'aller en prison. Si je passe en Assises, je saurai expliquer 2581 CQA 75, dire que personne ne m'a rendu justice, à moi sur mon fauteuil, que j'ai bien été obligée. 2581 CQA 75 n'avait qu'à s'arrêter, s'excuser, me porter des fleurs à l'hôpital, exister.

Moi, ma vengeance passée, je serai capable de l'aider. Quand il apprendra à passer seul du lit au fauteuil, quand il tombera pour avoir oublié de bloquer les roues, quand les portes d'ascenseur se fermeront sur lui. Ma haine aura disparu. Je serai libre et soulagée... Peut-être comme avant. Pour l'instant, ma haine est pour ce 2581 CQA 75 que je n'arrive même pas à appeler par son nom. En suis presque déçue. Je ne sais pas si on peut se libérer de son Destin, ou s'il vous mâche à jamais. Peu importe. De toute façon cette idée de justice m'obsède. Pourquoi vivrais-je un calvaire, tandis que mon coupable sourit à la vie, profite de chaque seconde, marche, danse, parle, aime ? Je veux le retour au juste équilibre. Il souffrira ce que j'ai souffert, ce que je souffre. Je suis hémiplégique et catholique, mais je ne tendrai pas l'autre côté.

Je ne suis pas une assoiffée de sang, j'aurais pu pardonner, s'il était venu aider, secourir. On accorde le pardon à qui vient l'implorer. En face, les yeux dans les yeux. Pas dans l'absolu. Suis pas une sainte.

Il m'a laissée seule avec ma haine, ma colère, et mon ressentiment qui grossissait démesurément dans chaque pore de ma peau. Le ressentiment est un enfer de chaque jour. La seule façon de lui échapper, c'est d'agir. L'action appartient au fort, le passage à l'acte est noble, ma vengeance sera noble. Les impuissants, les faibles ressassent leur haine, s'y recroquevillent, s'y dessèchent, y épuisent leur vie.

Veux pas consacrer ma vie à 2581 CQA 75. Veux sortir de mon enfermement, en l'enfermant à son tour. La prison ne doit jamais être vide. Lui ne pourra pas s'en évader car le coupable doit vivre sa peine. Jusqu'au bout.

INTERNET

http ://www. Baston. fr

1. Matériel de sécurité
2. News : Offre Services
3. Matériel d'écoute
4. Adresses Trainings
5. Matériel de défense
6. Baston Nouveautés

Offre Services :

Cherche personne sérieuse ou groupe susceptible de résoudre discrètement problème d'honneur. Solution rapide. Bonne rémunération si travail professionnel et propre.

Réponses :

1. En savoir plus SVP
2. Me joindre par E-mail fifiX@netway. fr/Si crédible, je vous communiquerai un téléphone.
3. H. 35 ans, arts martiaux, bon tireur arme de poing, ex mercenaire, étudie toutes propositions

SEnd E-mail :
TO : fifiX@netway. fr
FROM : anonyme@cybcafe. fr

Intervention 1 heure à Paris.
Concerne explication à donner à Homme 50 ans fonctionnaire.
Donner N° tél. cabine pour appel ds une heure (22H précis de cab. à cab.)

COMPTE RENDU DE LA REUNION EXTRAORDINAIRE DU SYNDICAT

* Rémi présente un document rédigé par Hautecour, et dont l'authenticité a pu être certifiée par les responsables du syndicat. Ces preuves ne peuvent être ici mentionnées sans risquer de nuire à des sympathisants. Il remercie vivement la vigilance des camarades qui nous ont alertés.

* Ce document fait clairement apparaître la volonté d'Hautecour de se débarrasser des membres du quota, en les excluant du Ministère, voire de la fonction publique.

* Robert propose de se débarrasser d'Hautecour par n'importe quel moyen car il y en a marre de ce type.

* Nelly approuve et dit qu'on doit réfléchir à ce qui peut être légalement entrepris.

* Raymond estime que dans certains cas, la légalité n'est plus la priorité numéro un, et que seule compte l'efficacité.

* Sylviane soutient qu'on ne doit pas craindre une action violente, type commando qui mettrait Hautecour définitivement hors de nuire. Qu'il y allait de la vie de chacun, car que deviendraient-ils, privés de revenus, relégués dans des centres et déchus de leur légitimité sociale ?

* Rémi dit qu'il comprend bien la gravité du problème, et les positions extrêmes de divers membres du quota. Il remercie Robert, Nelly, Raymond et Sylviane de les avoir exprimées avec tant de franchise, mais il dit avec force qu'on ne doit pas confondre le Syndicat avec l'agence du crime ou avec une branche de la mafia. En conséquence il lui semble que seules les grèves, les grèves perlées, les pétitions, les tracts, l'appel aux médias, etc, sont envisageables.

Il demande à chacun de réfléchir et propose que Barthélémy Parpot, vu sa liberté de déplacement dans les services du Ministère, collecte dans les trois prochains jours, les suggestions de chacun.

Rémi indique qu'une bonne piste de réflexion en la matière, lui semble être l'action médiatique d'éclat, genre tous les handicapés s'enchaînant aux grilles du Ministère, qui frapperait le public, et contraindrait en période électorale, les politiques à taper sur Hautecour.

* En conclusion, et après un moment de contestation, – en particulier de la part de Robert qui croit que le mal localisé en la personne d'Hautecour, doit être radicalement détruit avant qu'il ne s'étende à d'autres –, la proposition de Rémi est adoptée, et Parpot a mission de rassembler toutes les idées pour la prochaine réunion de crise fixée au 07/01/97.

CAHIER D'ELSA CHAUVIERE

Ce matin tête à tête avec Parpot et instant d'attendrissement sur la soirée d'avant-hier. En ai profité pour lui demander son aide. J'avais rédigé un papier pour lui expliquer que je devais me venger de Hautecour. Qu'il en allait de ma dignité, de mon existence même. Ai dissimulé la vraie raison et minimisé la gravité de l'acte à commettre. Lui ai demandé s'il m'aiderait. Comme il n'est pas complètement idiot, il a deviné la violence de l'affaire, et il s'est réfugié dans un silence que je n'ai pas cherché à rompre.

« C'est ce que tu cherchais dans les photocopies de cartes grises ? »

Ai fait « oui » de la tête. Il s'est fermé, puis m'a reproché de pas lui avoir fait confiance, de lui avoir menti, puis il s'est de nouveau fermé un long moment.

« C'est pour ça que tu es gentille avec moi ? » m'a-t-il finalement demandé.

Papier rédigé sans hâte : « Non et non. De toute façon, je me serai arrangée seule. J'ai osé te le demander parce que je te sens proche de moi, mais oublie tout cela. Excuse-moi ».

Nouveau silence.

« Pourquoi veux-tu faire du mal à Monsieur Hautecour ? »

Ai brusquement décidé de jouer mon va-tout. Lui ai désigné du doigt mon fauteuil roulant, puis j'ai essuyé une larme et suis vite partie. Ai passé le reste de la journée à l'éviter.

Ai déjeuné avec Sébastien comme tous les mardis. On se comprend bien. Je sais pas pourquoi. Suis différente de lui. Ce garçon incarne la noirceur. Il doit recéler quelque souffrance, il parle peu, je ne le questionne pas.

Au dessert, je lui ai dit que je devais discrètement me procurer des informations sur les déplacements d'Hautecour. Il m'a regardée étonné.

« Pourquoi moi ? » a-t-il dit de sa voix grave.

J'ai aussitôt écrit : « Parce qu'avec ce fauteuil et mon élocution, j'y arriverai pas ». Il a souri tristement. Papier suite : « Vous seul pouvez faire parler Laurence ou Agathe ». Flatter l'intelligence de quelqu'un de beau donne des résultats fabuleux, et réciproquement.

Troisième papier : « Et je crois qu'il ne vous déplairait pas que soit bousculé le conformisme ambiant ».

Il a acquiescé en souriant. Je sais qu'il le fera. J'ai même tendance à croire qu'il mettrait plus de zèle encore s'il connaissait mon terrible objectif.

Le soir, le pauvre Barthélémy est arrivé chez moi, à l'avance, en se tortillant.

L'a dit de suite qu'il voulait pas faire du mal à Hautecour. J'ai rien répondu. Il a demandé « Vous m'en voulez ? », puis « Vous avez pas le bon papier que vous ne répondiez pas ? » Puis encore « Vous voulez pas écrire ? » Ai fait geste de la main. Puis à table. Table carrée, nous deux côte à côte, pas face à face. J'ai préféré à côté car je mastique encore mal, plutôt pas ragoûtant et Barthélémy a beau être un inconditionnel, faut pas gâter mon image, ou ce qu'il en reste.

Repas amoureux, chandelles, foie gras, magret, glace à la mangue chantilly. Vin blanc sec de Bourgogne, celui que j'aimais tant avant 2581 CQA 75. Ambiance musicale. Slow de l'été 1990. Avais horreur de ça, maintenant avec roues plus de risque.

Parpounet a fondu comme glace à la mangue que j'avais sortie trop tôt du réfrigé mais raz le bol des allées et venues. Après le dessert, ai proposé Armagnac sur canapé. Il a dit oui. Pour lui, c'était un vrai conte de fée, Eurodisney en live. J'ai sorti deux verres, la bouteille de mon Ex jamais touchée depuis. Ce fourbe prétendait que c'était le meilleur, il m'avait offert bouteille de mon année naissance, je suppose pour la déquiller à ma santé.

J'avais préparé exprès une dizaine de papiers :

« Porte-moi sur le canapé »
« Approche-toi »
« Prends-moi dans tes bras »
« Déboutonne mon corsage s'il te plaît »
« Doucement »
« Enlève-moi le soutien-gorge »
« Laisse-moi faire »
« Caresse-moi »
« Tes mains sont douces »
« Laisse-toi faire »
« Détends-toi »
« Non, ça suffit »
« Non, pas ça, pas aujourd'hui »
« Laisse-moi faire »
« Remets-moi sur le canapé »
« C'était très bon ! »
« C'était la première fois depuis mon accident »

Évidement pour éviter le ridicule, faut enchaîner avec célérité, sinon le défilé de panneaux avec l'autre bigleux qui s'interrompt pour lire avec application, peut prêter à rire, surtout quand j'aperçois mes jambes qui suivent pas le mouvement général.

Sur le canapé, on en était revenu aux booms d'adolescents : sur la bouche, avec la langue, les seins mais pas le bas. Barthélémy m'a obéi au doigt et à l'œil, avec douceur et dévotion, et a continué tant que je ne l'ai pas arrêté. Bref il m'a caressé les seins lentement et longtemps, avec fascination, de la base vers la pointe, en les frottant, les irritant, les pinçant pieusement et repartant en les élargissant. Ils n'avaient pas été à telle fête depuis 2581 CQA 75, mais aussi depuis bien avant car mon Ex était pas un tendre. Sincèrement j'avais pas ressenti cet effet depuis 7922 YQ 31, le numéro de mon premier flirt, le garçon dont j'ai été le plus amoureuse de ma vie. Il s'appelait Frédéric, sa main fut la première, étrangère, à se poser sur moi. Sauf qu'aujourd'hui, je connaissais le scénario par cœur. J'ai profité de l'instant. Ai pas honte de le dire, ai joui deux fois. Ai même aperçu mon visage sur le miroir d'en face. La déformation que ça file sur un visage peu mobile, est effrayante.

Barthélémy était fier de lui, surtout quand j'ai sorti de ma réserve ma deuxième série spéciale : « J'avais jamais joui aussi fort » et « Où as-tu appris à faire aussi bien l'amour ? »

Rouge pivoine il était. M'a fait craquer. J'ai dégrafé son pantalon, et de ma main valide j'ai repris le mouvement avec saccades involontaires mais je maîtrise mal la coordination des gestes... Ça a dû aider, ou délicatesse de sa part car je fatigue vite, mais il a pas été long. Après j'ai eu droit à la déclaration. Ai répondu par déclaration même tonneau sur lutte syndicale, honneur de l'homme et du citoyen.

Barthélémy en a été désarçonné, perdu, silencieux.

Le moment était franchement opportun. Ai conclu le pacte : On règle le cas Hautecour comme mon Destin le dicte, ensuite on envisage l'affaire cœur. Mariage ou histoire d'amour.

Le dilemme l'a assis. Réellement. Il pensait pas comme ça, mais fortement ému, bougé, bouleversé que ça lui arrive.

Foyer paisible ennuyeux ou passion brûlante dont on se souvient une vie entière. A eu la bande annonce ce soir. Déstabilisé et esprit occupé pour la suite. De toute façon, son concours m'est définitivement acquis. Pensera même plus à se poser des questions. Assassinerait Archevêque de Paris si nécessaire. Mais pas nécessaire.

Barthélémy Parpot
19 avenue de Verdun – 92000 NANTERRE

le 28 Décembre 1996

Chère Annette de St-Cyprien à Toulouse,

J'ai des choses graves à confier, et même si vous m'avez ordonné de ne plus poster de lettres à tout le monde, et à vous en particulier, je dois quand même vous écrire car j'ai personne à qui parler de ça. Mais comme je veux aussi vous obéir à cause de tout ce que je vous dois, je vous promets de ne pas poster ma lettre. D'ailleurs j'écris souvent pour me relire parce que ça m'éclaircit l'esprit, tandis qu'au téléphone, il est impossible de se réécouter avant d'envoyer, et ça sert finalement à rien. C'est comme parler avec un inconnu dans un bar quand on lui offre un apéritif.

Bref pour reprendre l'important et sans vouloir me vanter, je dois dire qu'Elsa avait bien besoin de moi pour mener son affaire, et même si au fond de mon âme, je suis pas d'accord avec elle et son projet, je tiendrai mes promesses d'amoureux car il est évident que les grandes passions ont des obstacles pour exister, et que moi j'en ai de sacrés gros devant, ce qui veut bien dire qu'après trente ans d'attente, je suis bien désormais dans les choses de l'amour qui rendent heureux plus que tout dans la vie.

D'ailleurs j'ai envie d'en parler à la terre entière ce qui doit être aussi une nouvelle preuve de la magie de l'amour ! Enfin ce qui est le plus important pour aujourd'hui, c'est comment j'ai bien réussi à surmonter la première épreuve et à aider Elsa avec des paroles et des gestes d'hommes, parce que quand on est un homme, on peut être aimé des femmes.

Hier soir, après qu'Elsa a fait les recherches sur Internet

toute la journée, et pris un rendez-vous au fond du XIIe, il a bien fallu y aller, et vu les messages que le type en face avait dits, elle avait besoin de quelqu'un, donc plutôt de moi. Et puis j'avais pas bien envie qu'elle aille rencontrer seule un type à neuf heures du soir dans un bar pas connu, surtout qu'il s'appelait Marco ce qui inspire pas la confiance.

Nous avons eu du mal à trouver la ruelle en question. Elle était étroite, et encombrée de poubelles, ce qui rendait difficile de la pousser dans son chariot surtout avec le caniveau central. On a enfin aperçu une enseigne éclairée où il était question de l'Amicale des Bordelais de Paris, et on est entré. Dedans c'était aussi sale que dehors, avec la fumée en plus, et plein de gens, pas très bien habillés ni élevés, car ils nous ont dévisagés quand ils ont vu notre cortège entrer. Alors qu'on sait bien qu'il faut pas regarder les handicapés car ça les blesse plus encore, et souvent ils n'en ont pas besoin vu que c'est déjà fait. Mis à part les handicapés mégalos comme Robert, à qui ça ferait plutôt du bien.

Les Bordelais de Paris sont spéciaux, parce qu'une fois j'avais été à Bordeaux avec ma mère, et les gens là-bas sont pas avec des crêtes sur la tête, ni rasés, ni habillés tout en cuir. Ce doit être ici le rassemblement des bordelais qui se plaisent pas à Bordeaux.

Nous nous sommes assis au fond de la salle, à une table libre, et on a commandé un Vittel fraise et un Vittel nature. Il s'est bien passé dix minutes mais je ne les ai pas trouvées longues parce que j'avais mon Elsa toute à moi, avec sa main dans la mienne, à lui parler de notre avenir. Et on était bien de l'amour ressenti si fort pour elle. Et plus ça va, plus j'ose lui en parler, et plus j'en parle plus je le ressens et plus j'ai envie de le lui dire. C'est dire si je suis dans la spirale du bonheur qui vous fait monter vers le haut, alors que j'avais toujours vécu dans l'autre, celle qui vous aspire vers le bas.

Puis un type s'est approché de nous. Pas sympathique, plutôt genre qui fait peur et qui sourit jamais. Il nous a demandé ce qu'on voulait, j'ai dit un autre Vittel fraise. Il a répondu qu'il était pas le serveur. Elsa lui a tendu un papier : « On veut parler à Marco ». Il a eu l'air d'aimer le coup du papier à cause de la discrétion, genre roman TV. Il nous a dit de le suivre et nous revoilà dans la ruelle, lui devant, puis Elsa, puis moi qui la poussais. On est allé à peine six maisons plus loin, au Bistrot du Cheminot, et là pareil que dans l'autre, c'étaient pas les mêmes cheminots qu'on voit dans les gares. Pour tout dire ils ressemblaient davantage aux Bordelais de Paris. Le type est vite ressorti regarder dans la rue, et nous, au milieu, plantés, avec personne qui nous demandait rien. Ce qui est pas plus mal. Le vrai Marco a surgi de derrière nous quelques minutes plus tard et nous a demandé de le suivre. Cette fois il y avait Marco devant, Elsa, moi et le premier type qui nous avait rejoints. On est sorti de la ruelle pour aller dans une plus étroite encore, même que je me doutais pas qu'il y avait encore des endroits comme ça dans Paris.

– Qu'est ce que vous voulez ?

Elsa a tendu un papier qu'elle avait préparé sans rien me dire. Il l'a lu lentement car il semblait pas savoir le faire vite. À mon avis.

– Que fait le type ?

Elsa m'a mis le coup de coude pour que je prenne la conversation comme elle me l'avait expliqué longuement. Il fallait répondre sans mentir.

– Il travaille au Ministère des Affaires Intérieures

Les deux gars ont laissé échapper un sifflement admiratif, parce que ça impressionne toujours le Ministère.

– Carrément chez les flics !

Gros yeux d'Elsa qui m'avait recommandé de retirer « Affaires Intérieures » pour pas trop les effrayer, mais j'avais oublié à cause de l'ambiance qui est pas celle dans laquelle je fréquente habituellement.

– Qu'est-ce qu'il fait exactement ?
– Directeur des Moyens
– Ça vous coûtera plus cher.

Normal, j'ai pensé, un chef de service avec les responsabilités que ça a, coûte plus cher. Elsa n'a pas sourcillé.

– Ce sera 8 000 F, en coupure de 200 à remettre avant, avec sa photo, adresse perso, adresse boulot, numéro voiture et max d'infos possible sur ses habitudes.

Elsa a immédiatement acquiescé puis elle m'a envoyé deux nouveaux coups de coude pour que je dise ce qu'on avait convenu. J'avais un peu oublié tellement je voulais pas le dire, mais bon le chevalier doit bien gagner sa belle. D'habitude dans les films c'est en faisant des choses gentilles et utiles, comme terrasser un dragon ou délivrer du maléfice, tandis que là c'était du pas catholique et pas chrétien, mais c'était peut-être là la difficulté justement. J'y réfléchissais, les deux autres attendaient et j'ai eu deux nouveaux coups de coude.

– On est d'accord sur l'argent à condition qu'on soit sûr que vous lui casserez bien la colonne vertébrale.

– T'en fais pas le niais ! Trois bons coups de barre de fer là où il faut, et il sera éclaté pour le reste de sa vie.

J'ai été attristé qu'il m'appelle comme ça devant Elsa mais la gravité de l'instant a gommé ma réaction, et un grand frisson a traversé mon dos. C'était encore à moi de dire un truc.

– Mademoiselle souhaite assister pour pas qu'il y ait d'erreur, j'ai dit, la mort dans l'âme tellement ça me déplaisait d'imaginer ma douce Elsa prendre du plaisir à cette exécution. J'avais bien accepté l'histoire qu'elle soit prisonnière de son Destin mais de là à vouloir en explorer chaque recoin, je trouvais qu'elle y allait un peu fort. Enfin bon moi je sais pas bien ce que c'est d'avoir un Destin, alors je peux pas juger complètement.

Marco a souri : « Et quoi plus ? Z'avez rien de plus voyant ? On pourrait aussi se mettre un gyrophare sur la tête et s'entraver les pieds avec une chaîne. »

Elsa a dû comprendre l'objection car elle a fait la moue pas contente. Marco qui commençait à s'impatienter, a dit « Alors on le fait ou pas », puis face au silence d'Elsa et parce qu'il tenait finalement assez au 8 000 F qui passait si près de lui, il a ajouté conciliant : « Si vous avez la trouille qu'on se plante de mec, on emmène le niais mais il aura intérêt à obéir sinon il dérouillera aussi ». Après quelques secondes, elle a prononcé deux syllabes : « OK ». Elle a pas rectifié pour niais car la pauvre ne peut pas articuler de longues phrases.

Ça a été rapide ensuite, je devais venir seul dans deux jours chez les Bordelais avec l'argent et les informations, et ils me donneraient les instructions de la suite, mais pour le moment ils avaient envie de disparaître très vite sans chercher à lier un peu d'amitié comme ça se fait normalement dans les relations commerciales. Durant le retour j'ai encore essayé de discuter avec Elsa pour arranger son Destin, mais elle m'écoutait pas du tout, et je trouvais dommage de faire des bêtises pour obéir à un Destin si inhumain.

Voilà, ma chère Annette, je vous ai tout dit mais vous ne le saurez pas, vu que je vous ai promis de ne pas poster cette lettre, encore qu'entre nous je trouve très dommage d'écrire une lettre à quelqu'un sans la lui envoyer. Mais je vous adresse tout de même, pour faire comme si, mes respectueux dommages.

Barthélémy Parpot

« Bénazet trépignait devant la porte de mon bureau, ce matin, quand je suis arrivée, avec une demi-heure de retard. J'étais de mauvaise humeur à cause de la pluie et des embouteillages. Les fêtes de Noël approchaient, les voitures semblaient se multiplier, et moi je redoutais plus que tout, ces quelques jours de bonheur programmé. Au Ministère, les bureaux allaient se vider puisqu'avec quatre jours de congé, il était possible d'aligner douze jours de vacances. Moi je resterais pour le calme et le silence, et pour éviter mes beaux-parents qui envahissaient traditionnellement ma maison. Je n'échapperais cependant pas aux réveillons tragiques d'ennui, ni à la dinde farcie, ni à la course aux cadeaux... Notre fille s'arrangerait pour s'esquiver dès le soir de Noël, et me laisser avec les sermons de ses grands-parents, et la désapprobation silencieuse de Paul. La période m'était sombre. Comme le regard broussailleux de Bénazet, ce matin, là, devant moi, alors que je n'avais avalé qu'un seul café.

« Il m'apportait des nouvelles. Il parlait déjà, parce qu'il fallait l'entendre dix minutes avant d'obtenir une information. Son ami à la préfecture des Hauts-de-Seine n'avait rien trouvé. Dans les ordinateurs, tous les enregistrements avaient été effacés et remplacés par « Confidentiel/cf Doc.92-18AC ». Ce sobre commentaire renvoyait à un dossier auquel personne ne semblait avoir accès. Son ami avait cependant réussi, – et Bénazet vantait deux minutes encore son habileté –, à feuilleter le catalogue de référencement.

« Bénazet a alors pris sa voix la plus grave pour me donner le libellé du fameux Doc.92-18AC : « Mlle Elsa Chauvière. Accident circulation du 30.05.93. Place Edmond Rostand – Courbevoie ».

« Il continuait à parler. Je ne l'entendais plus, j'espérais qu'il allait partir vite. J'ai même fait mine de sortir alors qu'il continuait à divaguer. Je m'étais levée en entendant la

clé du bureau de Monsieur Hautecour. Bénazet avait eu cet air éberlué qu'il prend devant ce qui ne lui paraît pas rationnel. Mon regard furieux le transperça. Il se mit à bafouiller que ce serait difficile, qu'il fallait tenir compte de la trêve des confiseurs et moi je me suis entendue lui dire avec dureté : « Vous ne croyez tout de même pas que je vais me contenter de quatre évidences et d'une formule débile de journaliste ! ». Mais j'étais déjà dans le couloir prête à faire irruption chez Monsieur Hautecour. Inopportunément, j'en conviens.

« Ensuite il y a eu cette scène épouvantable chez Monsieur Hautecour. Je m'étais précipitée, sûre de moi, sans réfléchir, comme si le fait qu'Elsa Chauvière cherchait à en savoir plus sur son propre accident, était scandaleux. Monsieur Hautecour a évidemment pris la juste mesure de l'information. Avec froideur et raison. Il était lui aussi de mauvaise humeur, à cause des embouteillages et des fêtes de Noël encore que les hommes en souffrent moins. Il m'a dit textuellement que je lui cassais les pieds avec cette Elsa Chauvière, qu'elle ne faisait plus partie de son service, et qu'il n'y avait pas de quoi fouetter un chat parce qu'elle avait fouillé dans mon bureau. Je lui ai répliqué qu'il n'avait pas le droit de me parler sur ce ton, que le passé nous l'interdisait, et il a ricané parce que le passé était justement le passé, et que je l'avais suffisamment piétiné pour qu'il ne se sente pas engagé au-delà de la patience courtoise qu'il me témoignait depuis des années.

« Ensuite il m'a montré la porte. À moi, Catherine Jouve. À moi qui ai tant donné pour ce service et pour lui. À moi qui aujourd'hui encore suis la seule à essayer de le défendre. Évidement je ne suis sûre de rien, mais l'attitude fuyante d'Elsa conforte maintenant mes suppositions.

« J'ai éclaté en sanglots avant même d'avoir pu me réfugier dans mon bureau. Agathe et Laurence m'ont vue *passer en larmes et je m'en suis voulu davantage. Je me trouvais malheureuse, abandonnée. J'étais la dernière des dernières, la pestiférée, la plus méprisée, la victime de toutes les injustices et mes pleurs redoublaient. La tension commença enfin à diminuer, et c'est à ce moment que Parpot est entré. Sans frapper. Il a refermé la porte derrière lui et s'est approché avec ce même visage qu'il avait autrefois, enfin il y a à peine trois ou quatre ans lorsqu'il venait me prévenir en messager dévoué et silencieux. Aujourd'hui il avait un mouchoir blanc tendu à la main. Je le lui ai pris et il s'est mis à parler avec ses phrases à tiroir qui n'en finissent pas. Je ne comprenais rien mais ce brave Barthélémy que j'avais si souvent protégé des foudres de Monsieur Hautecour, revenait tel le fils prodigue plein de paroles douces, apaisantes et stupidement drôles. J'ai fini par rire de le voir, de l'entendre, de nous voir tous les deux debout face à face avec les larmes qui nous mouillaient les joues. Je me suis approchée de lui pour poser ma tête contre son épaule, par faiblesse, par besoin d'un peu d'humanité, mais il s'est vite écarté me disant qu'il était engagé et qu'il ne pouvait pas. Et j'ai ri encore plus, nerveusement, à en pleurer. »*

Barthélémy Parpot
19 avenue de Verdun – 92000 NANTERRE

le 03 Janvier 1997

Chère Annette de St-Cyprien à Toulouse,

Ce soir je suis reparti au café des Bordelais de Paris pour remettre à Marco l'enveloppe pleine d'argent et d'informations sur Hautecour. J'ai tenté plusieurs fois de raisonner Elsa, mais elle ne m'a toujours pas écouté tellement elle est contente d'être bientôt délivrée. Je suis pas sûr qu'elle se trompe pas de certitude et qu'elle soit pas en train de se plonger dans un cachot encore plus profond que les oubliettes de la Cité de Carcassonne que j'avais visitée en revenant de Bordeaux justement. Enfin elle doit avoir d'excellentes raisons bien qu'elle ne me les ait pas expliquées, et de toutes les façons, c'est dans l'adversité qu'un couple uni doit toujours bien se soutenir.

Elle m'a embrassé sur les lèvres, en tenant à la main le papier « Tu es mon héraut » qui m'a donné une immense bouffée de plaisir, ce qui est très utile quand on se retrouve seul en route vers les sordides ruelles du douzième arrondissement. Mine de rien, j'étais seul pour une action de lourde responsabilité, et ça ne m'était jamais arrivé même après les séances de psychologie du dispensaire de St-Cyprien à Toulouse. Comme quoi l'amour est plus fort que la psychologie, et même moi au tréfonds de mon âme, je me sens plus le même. C'est pas que je sois différent parce qu'il faut pas rêver, mais je vois les choses différentes ce qui revient au même après la période d'incubation.

Je croyais tenir dans ma main les deniers de Judas, enfin je veux dire l'enveloppe kraft 21 x 29,7 de Judas, parce qu'Hautecour a toujours été gentil et correct avec moi depuis mon arrivée dans le service, et surtout que c'est grâce à lui que je dois la félicité d'aujourd'hui avec Elsa. Et ça, on peut pas l'oublier non plus, et quoiqu'on raconte, c'est quand même moi qui vais le frapper en donnant cette enveloppe de Judas à Marco.

Le bar des Bordelais était rempli comme la dernière fois de drôles de gens qui faisaient pas attention à moi. J'ai voulu commander un Vittel fraise mais on m'a dit qu'il y en avait pas ce soir parce que c'était une soirée Bordeaux. J'ai pas osé demander si c'était la fraise ou le Vittel qui était interdit, parce que j'aurais pu prendre un Vichy fraise ou un Vittel Citron, plutôt que le verre de vin que le serveur m'a obligé de choisir en pointant son doigt costaud vers un tableau rempli à la craie blanche. Pour sympathiser j'ai fait le même geste que lui avec le doigt et énergie, et c'est tombé sur « Château Pénide 1994 (12 cl)..... 32 F », ce qui était bien d'après le costaud encore qu'il ait ajouté pour me contrarier que celui de 96 serait mieux. Mais bon.

Puis le même type de la dernière fois est apparu. Il m'a dit « Salut », et on s'est serré la main à pleines mains comme dans les films américains que j'aime bien. On a fait le même carnaval que la dernière fois en passant par les Cheminots avant de rejoindre la ruelle. Bon ça servait à rien, mais ce sont des habitudes et je crois qu'ils aiment bien jouer comme ça. Marco ne m'a pas dit « bonjour », mais « Salut mec » et j'ai regretté qu'Elsa ne soit pas là car ça aurait compensé pour l'autre jour. Il a pris l'enveloppe et compté l'argent. Là il s'est détendu et m'a demandé si je voulais vraiment participer à l'expédition punitive. Bien sûr que je voulais pas, mais j'ai dit le contraire, et Marco a soupiré, il a griffonné mon téléphone sur un coin de l'enveloppe et m'a dit de me tenir prêt dès qu'il m'appellerait, et aussi que j'avais intérêt à me tenir tranquille, que c'était bien la première fois qu'il embarquait un micheton dans une expédition, et qu'il espérait ne pas avoir à me le faire regretter. J'ai dit oui, puis je l'ai invité à boire un verre avec moi, histoire de faire durer cet instant entre hommes, et on a conversé des choses de la vie comme ça se fait dans les bars. Je lui ai re-expliqué des points techniques et il a été d'accord vu que d'après lui le client est roi, mais pas au point de s'attarder trop longtemps, et il s'est éclipsé à l'occasion du premier silence. Je me suis retrouvé seul, accablé, abattu, comme si le sang tiède et collant de Hautecour dégoulinait déjà le long de mes doigts, et c'était déjà par avance un autre mauvais moment de ma vie qui arrivait.

Voilà donc, chère Annette, une nouvelle lettre que je ne posterai malheureusement pas, mais que je garde au cas où vous voudriez toutes les avoir quand on se reverra par exemple le jour de mon mariage avec Elsa. Je ne vous cache pas que ces lettres qui restent sur mon bureau, dans leur enveloppe blanche à votre nom et adresse, avec le timbre rouge à 2 F 80, commencent à me contrarier.

Je vous prie quand même d'agréer mon amitié, ainsi qu'une bonne et heureuse année puisque c'est maintenant que ça se dit.

Barthélémy Parpot

CAHIER D'ELSA CHAUVIERE

Ai plus qu'à attendre. Encore une fois ! Après tant de mois d'immobilité ! Après tant de semaines à répéter d'assommants exercices avec mon fauteuil roulant. Monter un trottoir. Le descendre. Me relever seule après une chute.

Tout me revient et se bouscule dans ma tête. Pourquoi ce soir ? Y aura-t-il vraiment une immense accalmie après la tempête qui va éclater dans les prochaines heures ou les prochains jours ?

Parpot a cherché jusqu'à hier à me dissuader. La morale et les bons sentiments ne peuvent rien contre les mois de souffrance. La douleur qui a duré, est ineffaçable. La douce amnésie du temps est un leurre de poète.

Les toubibs disent qu'il faut voir ce qu'on peut vivre avec ce qui reste et arrêter de voir ce qui manque. Bravo ! Encore et toujours des américaineries pour débiles mentaux. Du positif ! Nouvelle dynamique, ça s'appelle. Moi j'attends la libération de ma tête grâce à la dynamique de Marco. J'attends plus du dernier des voyous que du plus réputé psychiatre. C'est ainsi. Parpot n'a pas trop insisté tellement il a senti ma colère, et c'est bien car maintenant il va filer droit. En général il a l'idée fixe efficace.

Souvent il me pose des questions sur mon Ex et sur mon passé de valide. Il me demande toujours avec incrédulité pourquoi il est parti. Moi la seule chose qui me choque, c'est qu'il soit parti si vite. Qu'il n'ait pas tenté, au nom de notre passé, de m'aider à m'en sortir. Qu'il n'ait eu aucun scrupule à m'enfoncer dans mon trou… Au-delà de l'amour, il s'agissait de simple humanité, et c'est ce qui devait lui manquer.

Quand j'explique à Barthélémy que la vie avec une handicapée est difficile, il hausse les épaules et se met à chantonner :

Ah tu verras, tu verras
Tout recommencera
La vie c'est fait pour ça.

Il devient réellement bizarre ces derniers temps.

Barthélémy Parpot
19 avenue de Verdun – 92000 NANTERRE

le 07 Janvier 1997

Chère Annette de St-Cyprien à Toulouse,

Le téléphone qui marche jamais chez moi, a sonné ce matin à 5 h 00 même que j'ai cru à une mauvaise nouvelle grave comme à une crise cardiaque de ma maman sauf que je me suis souvenu qu'elle était déjà morte du cancer ce qui était un faux soulagement. Une voix sourde m'a ordonné d'être à 6 h 00 précises à la sortie du métro, et vu l'heure je me suis vite dépêché. J'ai sauté dans mes habits, avec la mort dans l'âme parce que je savais bien qu'après ce jour, plus rien ne serait comme avant. Et surtout la liberté de ma tête que rien n'encombrait, sauf évidemment cette idée de solitude, encore qu'on est pas à y penser tout le temps puisqu'on y vit dedans comme dans une prison, mais enfin ma liberté serait bien finie car il y aurait toujours comme une culpabilité et du sang qui viendraient déranger la tranquillité des choses.

J'en aurais presque voulu à Elsa quand la grande voiture blanche s'est arrêtée devant moi avec un clignotement de phare. Je suis monté derrière. Marco conduisait. Les deux autres étaient costauds mais pas bavards. On a roulé puis j'ai compris qu'on se dirigeait vers le Ministère ce qui m'a surpris mais je me suis gardé de le dire. On s'est garé le long du trottoir, et les trois ont enfilé des cagoules. Marco m'a dit : « Toi, tu restes discrétos dans la bagnole. » Puis ils ont redémarré et on s'est engouffré dans le parking du Ministère.

En vérité, c'est pas le parking du Ministère, mais comme tout le monde se gare là, on dit que c'est le parking du Ministère. Nous sommes descendus directement au niveau moins 2 alors qu'il y avait de la place au moins 1, mais on peut pas trop les contrarier, puis on a filé directement à une place qui avait l'air bien précise car tout était vide et on est allé à celle-là justement.

Marco a regardé sa montre : « Ça devrait plus tarder. Dans dix minutes maxi. » J'avais envie de pleurer et de les supplier de tout arrêter, de repartir, et qu'on en parle plus et même qu'ils gardent l'argent. J'ai commencé à le dire mais le type d'à côté a dit « Ta gueule », et de toutes les façons on arrête pas un paquebot lancé.

Les minutes étaient longues. Des phares ont découpé le mur en béton au fond. Marco a dit « Planquez-vous » et tout le monde s'est baissé, moi y compris car fermement tenu au col par mon voisin. La voiture a poursuivi son chemin et a pris la rampe qui conduit au troisième sous-sol. Puis au loin on a entendu une portière claquer et de vagues pas s'éloigner. Il était presque 6 h 30. Une deuxième bruit de moteur s'est annoncé et nous avons joué le même manège, mais cette fois la voiture est venue se garer pile en face de nous, et Marco a lancé « Maintenant ». Mes trois voisins sont sortis de la voiture comme des bombes, munis de poings américains, de longues matraques à la main. Ma respiration s'est arrêtée et j'ai crié « Non » mais peut-être pas à haute voix.

J'ai finalement osé lever le nez derrière le fauteuil, Hautecour avait déjà la figure en sang et le pare-brise éclaté. Puis j'ai vu partir un énorme coup au ventre qui l'a plié en deux, et aussi un deuxième qui l'a projeté à terre. Là une pluie de coups de pied et de coups de matraque s'est abattue sur lui. Je pouvais entendre, malgré les vitres fermées, les craquements mats de son corps qui se démenait de moins en moins. Ils me rappelaient les coups des deux CRS qui s'étaient acharnés sur moi rue Vaugirard. Ces bruits résonnaient de plus en plus fort dans ma tête. Je sais pas, je sais plus, je sais pas si ça a duré longtemps mais j'y ai plus tenu, et je suis sorti de la voiture en hurlant « Arrêtez, ça suffit ».

L'un des trois a foncé sur moi, m'a empoigné par le bras, et m'a poussé vers l'auto avec des coups de matraque sur les cuisses. Moi je criais encore « Arrêtez » au moment où une autre voiture a surgi. Elle venait tranquillement vers nous. Il m'a semblé que c'était la Renault 19 de Durand. À ce moment le conducteur a dû comprendre ce qui se passait car il a mis plein phare et a klaxonné sans interruption en tournant autour de la scène mais à distance respectable pour avoir le temps de décamper si l'un de nous faisait mine de le poursuivre. Eux n'ont pas insisté, Marco a dit « On se tire ». Les portes ont claqué, puis il y a eu le crissement de pneu très réussi et moi qui ai roulé sur mon voisin qui m'a mis un coup sur les doigts à faire hurler un mort.

La sortie du parking a été genre far-west en plus tonitruante alors qu'on entendait encore Durand qui n'avait pas lâché son klaxon. Quelques rues plus loin, Marco m'a dit « Toi le connard, si tu causes ou si tu nous attires la moindre emmerde, on te fracasse la gueule, et on met ton handicapée dans un tel état qu'elle regrettera l'époque bénie où elle avait le cul sur un chariot ! »

J'ai même pas eu le temps de répondre qu'ils avaient freiné le long d'un trottoir et m'avaient sèchement expulsé, par chance à proximité d'un café où je me suis précipité pour avaler trois cognacs à la file avant d'aller vomir dans le caniveau.

C'est ainsi exactement, ma chère Annette, que tout s'est passé. J'aimerais beaucoup et même énormément savoir ce que vous pensez de cette triste aventure et de moi, mais comme vous ne recevrez pas cette lettre, vous ne pourrez évidemment pas me répondre. Un peu comme moi au téléphone quand je réponds pas aux gens qui ne m'appellent pas. Je le regrette beaucoup, mais je vous adresse pourtant mes salutations amicales.

Barthélémy Parpot

« La nouvelle s'est propagée dans le Ministère comme l'onde d'une vague déferlante. Elle est venue jusqu'à moi par Laurence. J'aurais préféré que cela soit autrement. Je suis restée de marbre, posant seulement les questions nécessaires, attendant qu'elle sorte, attendant de m'enfermer à clé, et de regarder le ciel bleu et clair. Le malheur qui frappait Monsieur Hautecour, me semblait simplement injuste.

« Très vite le passé a ressurgi en moi. Je ne pleurais pas, je voulais seulement être seule. Seule avec lui. Partager sa souffrance. Penser à lui.

« Le film se déroulait lentement devant mes yeux. De notre longue histoire, seuls les détails semblaient remonter vers moi. Un bon mot, une assiette de coquillages, une ruelle... L'armée des infimes fragments qui vous rend plus sûrement à quelqu'un que n'importe quelle idée que l'on s'en fait.

« Cette nuit, comme par prémonition, dans mes insomnies, à côté de Paul qui dormait, j'avais pensé à Monsieur Hautecour et à notre singulière histoire. À nos premiers regards, il y a dix ans ou presque, lorsqu'il avait pris ses fonctions à la DPMQ. J'avais trente-cinq ans, et j'étais dans le plein épanouissement de ma beauté, rayonnante et sûre de moi. La vie m'avait donné deux maris. Un premier stupide vite écarté car c'est toujours ainsi que commence la vie des femmes, et Paul, depuis sept ans, avec qui j'étais déjà engagée dans les silences, l'ennui et la routine. Paul s'était marié pour faire comme tout le monde, mais il n'aimait ni les femmes, ni l'amour. Ni moi. J'ai essayé puis renoncé. Notre fille qui n'avait que trois ans, était déjà étonnamment distante.

« L'arrivée de Monsieur Hautecour, fonctionnaire brillant et attentionné, précédé de l'aura d'une carrière à l'étranger qui lui conférait un prestige évident au milieu des sédentaires de la place Beauvau, me fit exister différemment dans mon travail. Nous nous entendions bien, les

jours nous rapprochaient imperceptiblement, aussi sûrement que s'ils avaient été tissés par une mystérieuse araignée géante. Nos conversations s'allongeaient, débordaient le cadre des dossiers. Les semaines passaient, merveilleuses, porteuses de la promesse d'un bonheur à venir et certain.

« La rencontre eût lieu à la faveur d'un déplacement à Montluçon, un soir, au dernier étage de l'Hôtel de France. L'amour immense, destructeur. Immédiat. Comme un pur élixir de vie. La folie nous a emportés. Nous sommes restés deux jours sans prévenir personne, hors du temps. Le retour me fut triste.

« Comme François redoutait les rumeurs, nous dissimulions avec soin nos sentiments, et ces jeux de cache-cache renforçaient la fulgurance de nos instants... Nous les volions à la vie, aux autres, au conformisme normal. Je l'appelais François, puis Monsieur Hautecour dès le portail du Ministère franchi. J'aimais cette complicité renforcée par l'ignorance d'autrui. Chaque « Monsieur » prononcé haut et clair devant d'autres, me propulsait vers lui mieux que n'importe quelle invitation. Il y avait donc Monsieur Hautecour ou François, selon la géographie.

« Trois ans ont tué la folie de cette existence qui dura cependant encore trois ans avant de mourir. Du bonheur le plus fou, elle m'avait conduite dans le tunnel le plus noir. François ne voulait pas quitter son foyer, le divorce l'effrayait, alors que moi j'aurais pu tout plaquer en dix secondes. Au début, je m'en moquais ensuite il n'y eut plus que cela dans ma tête et les mois se sont égrenés comme un chapelet de larmes. François qui essayait de me raisonner, a fini par se taire, à venir à nos rendez-vous par devoir. Le silence de François était celui de Paul et de Jean, mes maris. Le silence des hommes fait toujours le même bruit.

« C'est alors qu'est arrivé le dernier homme. Celui avec qui l'on va sans trop y croire, simplement parce qu'on aimerait que les grandes idées pour lesquelles on a défait sa

vie, existent vraiment. Ou pour ne pas laisser passer l'ultime chance. Ce nouvel homme, brillant et séduisant, était aussi le moyen de me libérer de François sans rompre avec son univers, avec ce qu'il représentait pour moi. Et puis aussi, stupidement, je m'étais toujours dit que j'aurais mon dernier amant à quarante-deux ans. Sans vraie raison mais avec détermination, et l'heure était venue.

« Je crois que François en a été profondément malheureux plusieurs mois. À cause de son conflit personnel, à cause de ses habitudes qui changeaient, à cause du vide de sa vie, et parce qu'il m'avait réellement aimée.

« Puis un jour après de nombreux affrontements larvés, il s'était soudain libéré pour ne plus afficher qu'une courtoise indifférence à mon égard. Notre histoire ne vivait désormais plus qu'en moi, parce que celui qui est abandonné, finit par se retrouver un jour délivré, alors que celui qui est parti, garde à jamais la nostalgie des jours heureux qu'il a désertés et dont il n'aura jamais su faire son deuil. Aujourd'hui encore il en est ainsi pour moi. J'ose pourtant dire sans prétention que je suis la femme que François aura le plus aimée de sa vie. Il y a ainsi des certitudes fortes. Évidentes. Et c'est pour cela que j'irai le voir à l'hôpital, malgré lui et pour lui, car je sais que dans les moments de désespoir, les temps forts de la vie qu'on a écartés, redeviennent importants. »

CAHIER D'ELSA CHAUVIERE

Parpot est arrivé avec un visage décomposé. Ai failli ne pas le reconnaître. Il a dit avec une voix douce que la vengeance était accomplie, que le salaud avait été brisé et abandonné inanimé sur le ciment. Il a récité tout cela, en me tenant la main, pour me faire plaisir. Je devinais son désarroi. Sa voix était monocorde, il se réfugiait derrière des détails. Des montagnes de détails. Jusqu'à la couleur des chaussettes de ces hommes. Et le nombre de coups, et où. Sa voix s'étranglait. Je l'ai épargné. Lui ai dit que j'en savais assez désormais. D'ailleurs, c'était vrai. Et il s'est empressé de partir.

Je ne sais pas ce qui se passe. Ai une impression étrange. J'aurais dû assister à ma vengeance. Suis désemparée. Ce n'est pas comme je l'espérais. Je ne dois pas être impatiente. Le sentiment de plénitude n'est pas là, sans doute parce que je ne connais pas le verdict des médecins. Attendre de voir Hautecour rivé sur la même chaise roulante que moi, et lui dire, mes yeux enfoncés dans les siens, pourquoi il en est arrivé là, pourquoi il en a pris bêtement pour les trente dernières années de sa vie… Le carrefour, le feu rouge, la 4L encastrée sous le bus 51, et moi si seule. Je le ferai pleurer de ne pas s'être arrêté. Ses larmes m'apaiseront définitivement, et alors à ce moment-là, je serai libérée de ce fauteuil. Ces instants me semblent lointains, alors que je les croyais presque déjà atteints.

Étrangement c'est encore de Barthélémy dont j'ai besoin. Il est presque midi. Je vais le chercher dans son réduit. Il n'y est pas. J'arpente plusieurs couloirs. Pour rien. C'est fou comme il est urgent que je le vois. Je reviens à mon bureau, déçue, pour demander à Sébastien de me le trouver. Il téléphone partout. Bénazet se met à râler : « Ça vous suffit pas quand il rapplique seul ! ». Suis sortie sur le pas du bureau pour l'attendre. N'avais pas besoin de spectateurs. Il est arrivé cinq minutes après en courant. Il s'est agenouillé devant moi, il a vu mes larmes. Il m'a serrée dans ses bras comme il a pu, avec quelques acrobaties, le genou contre le butoir du repose-pieds, et l'accoudoir enfoncé dans l'estomac. Il a rien dit sauf « Elsa, ma petite Elsa ». Plusieurs fois. J'étais mieux, le calme revenait, je lui serrai le bras, fort, de peur qu'il ne me lâche.

« Elsa, ma petite Elsa », il le disait avec tant d'amour vrai, et de chaleur. Nelly est passée devant nous à ce moment, en détournant son regard. Puis Agathe qui a failli s'arrêter, s'étouffer tellement cela lui paraissait incongru. La pauvre sotte !

J'allais un peu mieux. Lui ai dit merci du mieux que j'ai pu en détachant bien chaque syllabe. Il m'a promis de me raccompagner ce soir.

La fin de cette journée, tant attendue, m'a paru longue et ennuyeuse. Dans l'après-midi, ai eu le récit détaillé de Durand : Le SAMU avait précautionneusement ramassé Hautecour, les médecins aux visages graves n'avaient rien voulu dire, les policiers avaient conclu que son irruption avait mis les agresseurs en fuite et empêché le vol des 7 500 F retrouvés dans la voiture d'Hautecour. Leur seule piste consistait à chercher à quoi était destiné cet argent et qui pouvait être au courant. Durand avait seulement dit qu'ils étaient quatre, que la voiture était une Mercedes blanche dont il n'avait pas pu relever l'immatriculation, que trois des hommes portaient des cagoules et des blousons de cuir. Les policiers avaient insisté sur le quatrième, mais Durand était si peu sûr de lui qu'il avait préféré ne rien dire.

Dans les services on ne parlait plus que de cette agression. Bénazet était le seul à s'en réjouir ouvertement. « Pour une fois que le hasard tombe là où il faut » répétait-il avec un grand sourire à qui voulait bien l'entendre. Jusqu'à ce que Sébastien qui ne dit jamais rien, surtout à lui, lâche : « Êtes-vous si sûr que ce soit le hasard ? » Cela a jeté un grand froid. Chez moi parce que Sébastien ne lance jamais une phrase sans arrière pensée, et chez Bénazet parce que sa pleutrerie naturelle l'a convaincu que sa réjouissance affichée pouvait être source d'ennuis si les policiers enquêtaient dans les services. Plus tard je l'ai surpris dans un couloir, mêlé à un groupe de personnes inconnues, en train de se lamenter sur ce pauvre M. Hautecour.

Peut-être Sébastien n'avait-il cherché qu'à effrayer Bénazet ? Il faudrait que j'en aie le cœur net. Ensuite demain, non aujourd'hui, ce soir, il me faudrait aussi savoir si la vengeance avait réussi, si Hautecour roulerait le restant de sa vie en fauteuil et non plus en R25. Si mon apaisement s'ensuivrait !

« Dans la chambre 418, Monsieur Hautecour, inconscient et somnolant, avait les quatre membres bloqués dans des sortes de glissières. À ses côtés, Mme Hautecour lisait paisiblement une revue. Je savais qu'elle serait obligatoirement là, mais ni elle ni mon aversion des hôpitaux n'auraient pu m'interdire cette visite. Je ne l'avais jamais rencontrée, seulement entendue au téléphone. Sa présence m'était pénible parce qu'elle m'obligeait à de méprisables simagrées, et m'interdisait les gestes affectueux qui spontanément me venaient. Mes larmes aussi. Nous sommes restées à bavarder en nous épiant plusieurs minutes durant. Je ne l'avais pas imaginée ainsi. Elle était toute en simplicité, pas très jolie, épaissie, mais avec une franchise charmante dans le visage. Il me paraissait étonnant que Monsieur Hautecour ait choisi de passer toute sa vie auprès d'une femme si peu apprêtée et qui n'avait ni classe ni personnalité. Il avait, lui, une autre allure et une vraie présence. Peut-être puisait-il chez elle certaines évidences terriennes qui le rassuraient.

« Dix minutes s'étaient à peine écoulées autour des blessures de Monsieur Hautecour, des circonstances de l'agression, et de l'insécurité en général, lorsque deux légers coups furent frappés à la porte. Je les accueillis avec un immense soulagement. Et même la vision d'Elsa Chauvière entrant sur son fauteuil, n'altéra pas ma satisfaction de rompre le pénible tête à tête.

« Elsa eut l'air surprise de me trouver là, elle m'adressa un rapide sourire, et tendit un papier à Mme Hautecour dans lequel elle devait se présenter et expliquer la raison de sa visite. Très vite son intérêt se porta sur Monsieur Hautecour. Elle détaillait l'appareillage qui l'entourait, cherchant à deviner ce dont il souffrait exactement. Elle aligna quatre ou cinq questions écrites auxquelles Mme Hautecour répondit avec une bienveillance et force détails qu'elle n'avait pas cru bon de me donner.

Elles étaient entre elles, immédiatement proches et éloignées de moi.

« Elsa voulait des précisions. Mme Hautecour expliquait qu'il était en observation pour plusieurs jours et que les docteurs ne voulaient rien dire. Il avait le bras et la mâchoire cassés. Certains examens de la colonne vertébrale avaient été différés parce qu'on hésitait à le bouger tant qu'on ne savait pas comment évolueraient les traumatismes crâniens. Un caillot de sang pouvait se bloquer dans le cerveau, le côté gauche était particulièrement touché, boursouflé, et l'hémiplégie guettait. Elsa avait l'air très au courant de toutes ces choses, et n'hésitait pas à en décrire les effroyables conséquences dans des papiers de plus en plus longs que Mme Hautecour se croyait obligée de me transmettre pour assurer la conversation. Elsa disait avoir eu un problème semblable qui avait mal tourné. Elle assenait mille conseils pour le retour : l'emplacement des meubles, les espaces, les passages nécessaires. Pour elle la paralysie semblait acquise. Cette certitude avait même perturbé Mme Hautecour qui lui avait répondu que pour la colonne vertébrale, il fallait encore attendre. Mais il était visible qu'il ne bougeait ni la tête ni les membres. Elsa cherchait à consoler, promettait de revenir souvent, voire d'aider Monsieur Hautecour quand il rentrerait à sa maison. Comment osait-elle ? Et comment Mme Hautecour pouvait-elle prêter son meilleur sourire à cette petite hypocrite ? Je sentais que j'étais de trop, mais je ne pouvais me résoudre à abandonner mon pauvre François. D'autant que Mme Hautecour oubliant ma présence, s'était mise à parler de sa vie avec son mari. Dois-je dire que je buvais et redoutais à la fois ses paroles qui me poignardaient et me peignaient un Monsieur Hautecour inconnu, familier, avec les projets que je n'avais jamais partagés avec lui. Que de questions j'avais envie de poser ! Mais il était entendu que je n'étais autorisée à aucune. Elsa avait des mines étonnées, sans doute parce

que Monsieur Hautecour ne donnait pas cette image de lui au Ministère. Qui aurait pu par exemple l'imaginer follement amoureux ? Moi-même aujourd'hui j'ai du mal à savoir si ce passé a réellement existé. Elsa n'hésitait pas à griffonner des questions qu'elle tendait à Mme Hautecour. Combien n'en a-t-elle pas posé sur l'engagement de Monsieur Hautecour dans les combats humanitaires ? Les enfants du Liban, Amnesty International, les filleuls du Burkina... Et Mme Hautecour s'enflammait, ajoutait des précisions et avouait que leur grand malheur avait été cet enfant qui n'avait jamais voulu venir, que Monsieur Hautecour avait des principes et que jamais il n'avait voulu recourir à des pratiques génétiques et mécaniques. Elle disait qu'il était croyant, plus croyant qu'elle, et qu'un enfant était don de Dieu et non de la manipulation des hommes.

« Je ne voulais plus rien entendre. Je me suis levée. Mon regard a croisé les yeux mi-clos de François, j'ai cru percevoir une lueur, comme le contentement de me voir. Puis ses paupières se sont refermées, et je suis partie. »

CAHIER D'ELSA CHAUVIERE

Les roues m'en sont tombées ! Me suis trouvée en face de la mère Jouve dans la chambre d'hôpital d'Hautecour ! Mettrais ma jambe inerte à couper que les sous-entendus d'Agathe sont fondés. Il y a des regards qui ne trompent pas. Drôle et triste en même temps. Vais pas m'apitoyer sur eux. Ils sont pas à plaindre. Ils ont une vie choisie. Peuvent en changer demain. Ça dépend seulement d'eux. Moi, ma vie dépend des chirurgiens et de Dieu. Celle du RMiste du coin, de la conjoncture internationale. C'est pareil que Dieu.

Ai les infos sur Hautecour. Elles sont très vagues. Étonnamment vagues. À mon avis, ils veulent pas effrayer sa femme. Pas bon signe pour lui. Bon signe pour moi... Une étrange mélancolie m'a pourtant envahie. Comme si les confidences de sa femme m'avaient bougée. Les rôles de la vie sont fragiles. Le saint et le salaud se frôlent et se tournent autour. Le bourreau qu'on exécute a tôt fait de jouer la victime.

Je dois me ressaisir. 2581 CQA 75 n'a pas pu ne pas s'apercevoir de l'accident. Impossible étant donné carrefour et coup de volant. Même plus tard, il aurait dû venir me voir à l'hôpital. En suis sûre. 2581 CQA 75 a eu sa lâcheté et a cru pouvoir se raccommoder avec le ciel en multipliant de fausses bonnes actions.

Moi, je veux de l'humain, je veux un visage, je veux quelqu'un en face. Veux effacer plaque minéralogique de mes cauchemars. Me fous de l'humanitaire d'Hautecour, trop facile d'aider des inconnus à des milliers de kilomètres, sans les connaître. Veux des gens présents quand ce sont eux qui sont concernés. N'ai pas à me laisser attendrir... Dois trouver apaisement. Mon apaisement. Mon APAISEMENT *par pitié !*

Je dois me calmer.

Expiration/inspiration.

Je dois me calmer parce qu'un autre problème a surgi cet

après-midi. Je dois être tout à fait calme pour l'affronter. C'est une rumeur qui s'amplifie dans le Ministère, et qui m'est déjà parvenue par deux voies différentes. Parpot ne m'en a rien dit, mais on l'aurait aperçu dans le parking avec les agresseurs. Par chance, Durand est un type scrupuleux. Il n'a rien avoué aux enquêteurs de crainte d'attirer de graves ennuis à un innocent. Seulement il y a un revers à tant d'honnêteté. Sa conscience l'a obligé à demander conseil. Et ici dès que vous parlez à quelqu'un, vos mille deux cent soixante-quinze collègues sont au courant dans les trente minutes qui suivent. Ça peut être très grave. Pourrai pas complètement disculper Barthélémy si nous tombons face à un magistrat trop pointilleux. Ce soir, il y a une réunion de tous les quotas à 17h30 au bar en face du Ministère. On verra.

MINISTERE DES AFFAIRES INTERIEURES :

NOTE INTERNE	21janvier1997
DE :	M. Bertrand de Pellepoix Directeur de Cabinet de Monsieur le Ministre
À :	Tous les Directeurs et Chefs de Service.

Durant l'absence de M. Hautecour, atteint de graves traumatismes et empêché d'occuper son poste pendant plusieurs semaines, Madame Laurence Desjardins assurera l'intérim et expédiera les affaires courantes sous mon autorité directe.

L'établissement du budget du deuxième semestre 97 sera conduit sous mon autorité directe, et je vous prie d'en communiquer les éléments constitutifs à Madame Desjardins avant la fin de ce mois.

MINISTERE DES AFFAIRES INTERIEURES :

NOTE INTERNE	22.01.1997
DE :	Mme Laurence Desjardins Intérim Directeur DPMQ
À :	Agathe Pellofi

Je vous prie de me faire parvenir au plus tôt, et avant demain 17 h 00 au plus tard, les informations suivantes :

– récapitulatif des heures supplémentaires du quatrième trimestre 96 ;

– dossier santé de M. Hautecour, avec copies des éléments médicaux remis en ordre chronologique ;

– synthèses des comptes-rendus de réunion depuis le 01.01.96 ;

– photocopie du dossier de « Demande de l'Ordre du Mérite » de M. Marbleu ;

– tableau de synthèse des congés posés à ce jour.

« Ils ont osé mettre Laurence Desjardins pour superviser la DPMQ en remplacement de Monsieur Hautecour. Ce rôle m'était dévolu. Il n'y avait que moi qui pouvais naturellement le remplacer. Tout le monde le savait. Jamais je ne me suis sentie si ridiculisée, bafouée, piétinée. Jamais je ne me suis sentie autant rejetée. L'injustice est flagrante car moi seule, suis au courant des dossiers, des affaires en cours, des contacts de Monsieur Hautecour. Mais je ne donnerai rien, absolument rien, et cette bécasse arriviste découvrira que ce n'est pas avec ses fesses qu'on rédige des comptes-rendus de commission ou qu'on prépare les ordres du jour des réunions avec la DATAR.

« De colère et après quelques longues hésitations, j'ai fini par téléphoner au Sénateur, à son domicile personnel, à ce numéro interdit entre tous, et je l'ai eu à lui personnellement en direct. Je lui ai froidement demandé d'intervenir, de rétablir l'ordre légitime et naturel entre les gens. Il m'a répondu qu'il n'avait pas le pouvoir d'intervenir dans la vie d'un service du Ministère. J'ai ri, fort, avec amertume, et je lui ai demandé s'il se moquait de moi. Devant son silence, je lui ai rappelé son intervention dans l'affaire de Raymond.

« Catherine, c'était il y a trois ans, les données ne sont plus les mêmes, m'a-t-il dit de sa voix basse. »

J'ai insisté comme un joueur qui dispute son ultime partie avant d'être totalement et définitivement ruiné. La partie qui lui apportera une rémission, quelques parties de plus, quelques froides sensations complémentaires. J'étais en train de la perdre, et je jetais mes souvenirs du passé dans la corbeille. Inutilement. Simplement pour me faire raccrocher au nez sèchement.

« Tout s'écroulait brusquement. Cette chute programmée que j'avais imaginée aussi lente qu'inéluctable, se déroulait en quelques heures, en quelques jours, me laissant effondrée

et seule. Prisonnière d'un bureau vide de sens et plus quotidien que jamais.

« La roue venait de tourner brutalement. Sans doute avait-elle tourné en ma faveur quelques années auparavant sans que je m'en rende compte, trouvant cela naturel. Ainsi en était-il aujourd'hui pour Laurence Desjardins.

« À mon âge, on n'attend plus de cadeau. On subit à défaut d'accepter. J'estime pourtant que personne n'avait le droit de m'écarter aussi rapidement et aussi publiquement et aussi vertement. Et j'éprouve au fond de moi, j'ose le dire, une immense rancoeur. »

CAHIER D'ELSA CHAUVIERE

Seules les heures de travail ne sont pas pénibles. Surtout celles où je fais des choses répétitives et méticuleuses. Celles qui volent mes idées sans me demander d'en avoir d'autres.

Ai supplié Agathe de me trouver quelque chose à faire. Mais vu l'histoire des archives et ma mutation hors de la DPMQ, elle a rechigné. Heureusement qu'elle apprécie ma façon de travailler et que l'intérim d'Hautecour confié à Laurence Desjardins a déclenché un tollé général dans le service ! Bénazet en tête. La plus touchée doit être Mme Jouve, mais on ne l'entend pas, elle s'est retranchée dans son bureau avec un mutisme qui ne manque pas de distinction. Tous vivent cette nomination comme un outrage, mais la pire est la mère Agathe qui en crève de jalousie. Elle répand des bruits dans toutes les officines. Genre « Mieux vaut rester à sa place que subir les vicelards du Cabinet ». En prime c'est elle qui se ramasse la première note salée dans les gencives. Un truc qui ressemble à la liste des courses. Du jamais vu dans les annales de la maison. Bref ce matin, elle a finalement lâché. Elle m'a refilé la récap des heures sup et la mise à jour du dossier santé de Monsieur Hautecour, car elle a décidé de se mettre en maladie, mais ne veut pas pénaliser ce pauvre Monsieur Hautecour qui a tant de souci. Madame Jouve m'a même signé, sans une remarque, une autorisation spéciale pour aller aux archives établir les relevés nécessaires. Je lui ai trouvé de la classe. Je l'ai souvent méprisée à tort et je le lui ai écrit en quelques lignes. Peu m'importe leurs histoires. Moi je veux reconnaître mes erreurs. Elle a lu mon papier et me l'a rendu sans un mot, avec un sourire discret.

« Ce pauvre Monsieur Hautecour ! » est l'expression la plus répandue du Ministère, et elle commence à me courir. D'autant qu'hier soir, il y a eu cette réunion qui n'a fait qu'ajouter à mon malaise. Barthélémy a été effectivement aperçu avec les agresseurs dans le parking. Tous les quotas, Robert en tête, sont per-

suadés que Parpot, en chef brave et courageux, a pris tous les risques pour les débarrasser définitivement d'Hautecour, vu que le Syndicat n'est qu'une bande de mollassons. Dans leur tête, Parpot est le Robin des Bois des Handicapés, le Zorro de la Tétraplégie, et ils sont prêts à tout pour l'aider. Faux alibis, représailles, actions anti-Durand. Tout y est passé. Dans le même temps, leur ressentiment contre Hautecour a fondu comme neige au soleil. On le plaignait. Ses intentions passées ne comptaient plus. Il était désormais l'un des leurs. Il avait franchi la barrière. D'ennemi, il était passé victime, comme cela, dans un battement du jour. Les rôles s'étaient échangés et le cours de la vie se poursuivait normalement. Les regrets ne les affectaient pas davantage comme si leur conscience ne flottait qu'au présent, et ne projetait aucune ombre sur leur avenir.

Restait le cas de M. Durand, le témoin gênant. J'ai essayé de les calmer, de les laisser venir, j'ai même proposé que quelqu'un vienne avec moi parler à Durand. Personne n'a bronché, mais j'ai surpris quelques signes de connivence entre les plus déterminés. Et j'ai laissé faire car je ne règne pas sur les destins de tout le monde !

En quittant le bar, j'ai senti à leur manège aussi discret que la grande roue de la Foire du Trône, qu'une deuxième réunion allait se poursuivre sans moi, mais je suis partie comme si de rien n'était.

RECONSTITUTION DU DOSSIER DE
M. FRANCOIS HAUTECOURT
Transmis à L. Desjardins le 24/01/97

"CONFIDENTIEL"

Page 2.

N° Séc. Soc. : 1.46.07.67.105.010
N° Mutuelle : MMF/MAI/1841
Date affiliation : 1979

* Entré au Ministère le 01.03.1979
* 1983 : 3 jours d'arrêt maladie (11.12.13/04/83)
* 1993 : Arrêt longue durée : 16.05.1993 au 29.08.1993
104 jours.
Attaque cardiaque survenue au Ministère.
Intervention SAMU sur appel interne.
Hospitalisation à Cochin du 16.05.1993 au 18.07.1993
Soins intensifs : 16.05.1993 au 17.06.1993
* 1993 : Séjour en maison de repos (19.07.1993 au 17.08.1993)
* 1994 : Séjour en maison de repos (10.01.1994 au 18.01.1994)
* 1995 : Séjour en maison de repos (11.01.1995 au 19.01.1995)

* 1996 : Agression : traumatisme
Arrêt en cours jusqu'au 15.03.97

Observations :
Contact médecin du travail :
Arrêt prévisible de 3 mois minimum avec séjour dans centre de rééducation.

CAHIER D'ELSA CHAUVIERE

Quelmalheur !

Quelimmense malheur !

Airangé papiers suivant ordre dAgathe. Paspossible. Tropgrave !

HAUTECOUR ETAIT AUX URGENCES DE COCHIN LE JOUR DE MON ACCIDENT !

2581 CQA 75 n'était pas lui !!! Impossible. Pouvait pas être conducteur de 2581 CQA 75. IlestINNOCENT. Totalement INNOCENT !!!

Ai contrôlé dix fois, vingt fois, cent fois papiers. Ai supplié Agathe mais formelle certaine inébranlable car repère personnel à cette date. Ai fait téléphoner Sébastien à Cochin avec faux prétexte. Certitude : Hautecour entre vie et mort aux urgences de Cochin le 30/05/93, jour de mon accident. Pas dans 2581 CQA 75.

Je fais que pleurer. Innocent sur chaise roulante. Par ma faute. Suis aussi coupable que le vrai 2581 CQA 75. Plus coupable car lui ne l avait pas fait exprès. Moi oui. Ai fait exprès. Suis pire que lui. Bien pire.

Me conduirai mieux que lui. Forcée, obligée de vivre maintenant pour rattraper. Ai un devoir. Sinon plus rien n'a de sens.

Ce devait être Mme Hautecour qui conduisait. Elle devait être paniquée d'avoir son mari à l'hôpital. Elle aura eu peur de lui en parler. Aura essayé de m'aider par dessous.

Elle va payer aussi. S'occuper d'un infirme autoritaire peut vite devenir un enfer.

Je me mens ! C est une fausse consolation car toutes les souffrances physiques sont pour lui ! Que pour lui ! Injuste, tout est profondément injuste !

Je me sens sale ! Suis qu'une handicapée stupide et méchante. Et je veux donner leçons de morale, être la justicière du monde... Mais suis qu'une monstrueuse imbécile.

Dois rattraper. Même si c'est impossible

Dois savoir exactement pour le 30 Mai 93. Veux que Mme Hautecour me dise accident, avoue, explique sa fuite... ensuite lui avouerai mon acte. Puis serai sa bonne, son esclave, sa servante, ou plutôt celle de son mari. Ferai les tâches indignes. Subirai vie entière jusqu'à ma mort ou celle d'Hautecour. Le premier délivrera l'autre.

Je vais aller la revoir, pas à l'hôpital mais chez elle, car il est des choses à ne pas dire devant M. Hautecour.

Barthélémy Parpot
19 avenue de Verdun – 92000 NANTERRE
à

Père Dom Clément
Petite Abbaye – 91410 DOURDAN

le 26 janvier 1997

Mon Père

Je m'excuse de vous importuner dans votre retraite de Dourdan mais il m'arrive des choses si graves que j'ai besoin que vous vous penchiez sur moi, et que vous me donniez de bons conseils comme vous savez si bien.

J'ai essayé de ne pas vous écrire depuis plusieurs mois car vous m'aviez fait comprendre que vous aviez peu de temps pour me répondre entre la liturgie, les messes auxquelles vous êtes obligé d'aller, et les jeunes âmes que vous dirigez, étant entendu que la mienne a passé la limite d'âge. Mais aujourd'hui il s'agit justement d'un problème d'âme, et pas de la mienne, mais de celle d'une amie de vingt-huit ans qui s'appelle Elsa et qui est handicapée à quatre roues après un accident avec un chauffard de la circulation. Elsa a voulu malgré mes opinions défavorables, se venger du chauffard mais ça n'a pas résolu ses problèmes, et au contraire je me demande si ça ne les a pas aggravés car elle me semble bien malheureuse depuis quelques jours que la vengeance a eu lieu.

Moi depuis les histoires de mon passé à Toulouse, je sais qu'il faut s'aider soi-même, et pour mon cas personnel je suis bien d'accord et je ne demande plus jamais rien, mais pour elle si le ciel pouvait faire quelque chose comme la tirer de son cachot, je lui en serai infiniment reconnaissant. Enfin avant d'arriver à ces solutions extrêmes, peut-être pourriez-vous écrire à Elsa Chauvière, 3 rue Pernety, 75014 Paris. Ou bien je vous l'amène comme si de rien n'était, et vous lui parlez en la rassurant, comme vous avez fait avec moi quand j'en ai eu tellement besoin.

Je vous supplie à genoux de ne pas m'abandonner dans ces instants malheureux, et après oui si vous en avez assez de m'entendre. Merci, merci mille fois par avance. Merci au nom du Père, du Fils, et du Saint-Esprit, et de Ainsi soit-il.

Votre dévoué Barthélémy

« Il est trop tard.

« Bénazet est venu m'apporter les informations de la préfecture des Hauts-de-Seine. Il semblait gêné de ce qu'il avait découvert, il m'a tout récité très vite comme pour se débarrasser, comme pour dire qu'à sept ans de la retraite, il ne voulait pas être mêlé à cela.

« Mais il est trop tard. La machine est en route, le destin s'accomplira comme bon lui semblera. Je ne passerai pas le coup de téléphone et je ne parlerai pas à Elsa. Peu m'importe désormais, puisque la page a été tournée à ma place. La pièce se déroulera sans moi.

« Je n'ai pas compris tout de suite. Le 30 Mai 1993, place Edmond Rostand, à Courbevoie, n'évoquait rien. Elsa dans une 4L encastrée sous le bus 51. Deux témoins qui repèrent une R25 grise qui a grillé un feu rouge, et provoqué l'accident de la 4L. J'avais écouté cela avec froideur, mais tout s'est soudain écroulé lorsque Bénazet m'a dit, ou plutôt murmuré, que la voiture était celle de Monsieur Hautecour. La voiture de Monsieur Hautecour qui était déjà avenue de Puteaux, à cinq cents mètres de l'accident, se faufilant dans le flot de la circulation, grillant un deuxième feu, puis un troisième. Le rapport ne laissait aucun doute. Et aujourd'hui Monsieur Hautecour était sur un lit d'hôpital, et j'étais sûre que cela ne s'arrêterait pas là, car Elsa ne pouvait pas s'arrêter là.

« Tout est clair maintenant. Et le passé et le présent. L'avenir lui-même perd de ce flou qui lui sied si bien. Je n'entraverai pas la volonté de la petite. Je suis hors jeu. Il est trop tard pour moi.

« Je veux cependant faire une exception pour Parpot, car ce pauvre garçon s'est encore mis dans une sale histoire. Il ne doit pas se lier à cette Elsa qui se sert de lui. Il doit prendre ses distances sinon il paiera pour d'autres. Lui, je le préviendrai. Pour lui, je ne veux pas qu'il soit trop tard. »

CAHIER D'ELSA CHAUVIERE

L'appartement de ce pauvre M. Hautecour est très beau. Avec de grandes pièces, de beaux tableaux et de magnifiques meubles style premier Empire. Par les fenêtres on voit des arbres. C'est un luxe à Paris de voir les arbres. Moi ils me manquent souvent. Mme Hautecour a voulu que je l'appelle Solange. Elle est si gentille qu'elle n'a pas été étonnée de me voir sonner à sa porte avec mon fauteuil. Nous nous sommes installées dans la cuisine, elle a préparé un thé.

Je n'y tenais plus. Ai immédiatement demandé des nouvelles de son pauvre mari. Je guettais les moindres progrès avec autant d'acuité que j'avais mis la semaine dernière à découvrir chaque possible incapacité, et je me faisais l'effet d'une triste marionnette. L'état de M. Hautecour était toujours aussi improbable. Une grande série d'examen de la colonne vertébrale était programmée pour le lendemain. Il avait retrouvé ses esprits mais aucun mouvement. Ai eu du mal à retenir mes pleurs. Solange me répétait de ne pas être si émotive, je sentais qu'elle m'observait, qu'elle se demandait si son mari aurait aussi, plus tard, cette hypersensibilité et ces réactions incompréhensibles. Ainsi quand elle m'a dit qu'elle perdait chaque jour deux heures dans les bus pour se rendre à l'hôpital, et qu'à mon signe d'y aller en voiture, elle m'a avoué qu'elle n'avait jamais touché un volant de sa vie, j'ai éclaté en longs sanglots convulsifs, nerveux, inarrêtables. Solange en a été désorientée. Puis elle a cherché à me consoler, m'expliquant que ce n'était pas grave, qu'elle avait les moyens de se payer tous les taxis du monde et qu'on pouvait vivre très heureuse sans permis de conduire.

Elle me prenait pour une cinglée qu'elle essayait de calmer avec patience et gentillesse, en me caressant les cheveux. Je mis longtemps à retrouver mon contrôle, tant les gouffres qui s'ouvraient sous mes roues, me donnaient le vertige et me perdaient à moi-même. J'ai bu du thé. Ai promis de rester dîner.

Dehors il faisait froid, l'hiver était rigoureux, on annonçait même de la neige pour la nuit. Solange avait mis quelques bûches dans la cheminée et fermé les volets. Seul le feu nous éclairait. Ai réussi à poser ma tête contre son épaule, et elle m'a longtemps caressée en murmurant « ma pauvre petite fille ». Les larmes coulaient sans fin le long de mes joues. Tant de bonté, de réconfort puisé en Solange ! Quelle injustice. Pour moi qui suis la dernière à mériter son affection gratuite, généreuse. Plus tard nous avons mangé un peu, mais toujours dans ce même salon, devant ce feu, hors du temps, toujours appuyées l'une à l'autre.

Puis vers 22 h 00, il a fallu partir. Je n'avais rien pu lui avouer mais je savais que je reviendrais payer ma dette. Au moment de tirer la porte, avec un air buté qui lui a arraché un sourire, ai pas résisté à lui griffonner : « À qui votre mari prêtait-il sa voiture ? » Elle a instinctivement répondu qu'il ne la prêtait pas car il craignait qu'on la lui abîme. Ai renvoyé : « Mais il y a quatre ans, il la prêtait bien à quelqu'un ? ». Elle m'a répondu avec cet air d'incompréhension qui montrait qu'elle croyait se trouver devant un nouvel accès de délire :

« – Ma petite Elsa, quatre ans c'est très loin. Comment veux-tu que je me souvienne d'une telle chose ? Et pourquoi t'intéresses-tu à cela ? »

Autre papier, tendu avec le même front buté : « Je vous en supplie, je ne vous demanderai plus jamais rien, mais répondez-moi, je vous en supplie mille fois. »

Alors elle a réfléchi pour me faire plaisir, car elle avait le pressentiment qu'il ne faut pas contrarier les gens dérangés quand ils sont aux prises avec leurs perturbations. Elle a fini par me dire que des mois durant et aussi pendant son hospitalisation de 1993, il prêtait régulièrement sa voiture au Sénateur, pour lui rendre service.

Nouveau papier : « Comment s'appelle ce Sénateur ? »

« Je ne le sais pas. Je ne sais même pas s'il s'agit d'un vrai Sénateur ou d'un surnom. François l'a toujours appelé ainsi. Je ne peux même pas dire si c'était pour lui, un ami véritable ou

l'une de ces relations qu'il devait cultiver pour le Ministère. Je sais seulement qu'il n'habite pas Paris, puisque François lui prêtait sa voiture pour le dépanner quand il séjournait à la Capitale. »

Puis réfléchissant encore, elle avait ajouté que son frère à Rochefort avait aussi conduit cette voiture durant l'été 93, puis aussi M. Parpot mais jamais seul. C'était il y a longtemps. François avait dû y renoncer parce qu'il était mal vu qu'un Directeur ait un chauffeur, et aussi parce que Parpot conduisait terriblement mal.

Père DOM CLEMENT
Petite Abbaye – 91410 DOURDAN
à

Barthélémy Parpot
19 avenue de Verdun – 92000 NANTERRE

le 01.02.97

Cher Barthélémy

Tu m'as dit, cher Barthélémy, que tu souhaitais que j'écrive à l'une de tes amies qui avait cru trouver dans la vengeance un apaisement à ses souffrances. La chaleur de ta lettre, ses excès mêmes, montre à quel point cette jeune personne a la chance de t'avoir à ses côtés. Je pense que toi seul seras à même de lui parler, et c'est donc à toi que je réponds, pour que tu sois mon messager.

Je ne ferai de discours ni sur la vengeance ni sur les réparations. L'Islam et le Judaïsme leurs accordent une place importante, mais la grandeur du Christianisme est d'avoir magnifié le Pardon.

Pardonner c'est cesser de haïr. Cela ne veut pas dire oublier. Il ne s'agit pas d'abolir la faute, mais de l'accepter pour ce qu'elle est, dans le cas d'Elsa une réalité à supporter. Ailleurs un combat à poursuivre ou une détresse à soutenir.

La haine enferme dans une prison lugubre tandis que le Pardon offre l'apaisement. Il libère de la rancune. Il ouvre la voie de la joie et de la liberté. Personne ne demande d'aimer celui que l'on pardonne car cela ne peut sincérement advenir que dans le cénacle des saints. Pour nous autres, simples humains, le pardon est un travail de deuil, c'est le deuil de sa haine.

Enfin pardonner c'est imiter Dieu dans ce qui est son suprême pouvoir. Pardonner c'est aimer Dieu. Pardonner c'est croire au miracle de Dieu. C'est introduire le miracle dans sa vie.

Relis ces phrases lentement, et parle à Elsa avec ton coeur et avec tes mots, dis-lui l'apaisement qu'elle doit trouver, dis-lui de sortir de son enfermement, dis-lui de te faire confiance.

Père Dom Clément

Barthélémy Parpot
19 avenue de Verdun – 92000 NANTERRE
à

Père Dom Clément
Petite Abbaye – 91410 DOURDAN

le 03 Février 1997,

Mon Père,

Votre lettre a été une sacrée aide parce que si j'ai fait plein de progrès pour les actions à entreprendre, j'ai pas trop avancé en ce qui concerne les choses à dire avec l'air intelligent comme les autres gens, même si je sais bien qu'ils disent aussi des âneries.

Alors j'ai fait comme vous m'avez préconisé. J'ai lu toute la soirée votre lettre pour bien m'en éponger, et le lendemain matin à l'occasion d'une promenade dans les couloirs, j'ai parlé sérieusement à Elsa avec vos phrases mais avec mes mots à moi.

Je lui ai d'abord demandé si elle était juive ou musulmane. Elle a fait signe que non, mais oui pour catholique ce qui n'est pas de chance car dans ce cas c'est le pardon qui est magnifique et pas la vengeance. Je lui ai expliqué aussi que personne ne lui demandait d'oublier le carrefour avec le bus, ni d'aimer M. Hautecour parce qu'elle n'est pas une sainte du Sénat. L'important avec le pardon, c'est la libération de la rancune et de la prison lugubre, et comme j'ai été dans une cellule pour erreur policière, j'ai pu lui faire la comparaison avec l'erreur routière.

Après j'ai parlé du deuil de sa haine, peut-être pas bien car elle a bondi, enfin c'est une expression, et puis le meilleur pour la fin, le miracle dans la vie, aimer Dieu et moi aussi en me faisant confiance, et que quand on pardonne, ça donne du miracle. Elsa avait l'air très en colère. Elle m'a tendu un papier avec marqué « Et le miracle, c'est lève-toi et marche ? ». J'ai pas bien compris ce qu'elle entendait par là, mais je savais au fond de moi que si elle marchait, elle s'éloignerait de moi. C'est des pensées qui me font très honte, car j'aime énormément Elsa, mais je dois avouer que j'ai pas réellement envie qu'elle marche pour s'éloigner de moi. Dans quelques années sans doute, comme mon amour n'arrête pas de grandir chaque jour, je serai capable d'être sincèrement malheureux qu'elle marche pas.

Aujourd'hui, je sais bien que ce sentiment n'est pas digne de mon amour mais on peut pas exiger de saborder ce qu'on aime le plus par amour. C'est trop compliqué pour moi malgré les gros progrès que j'ai fait ces derniers temps et qui sont pas finis, mais là je peux pas tellement ça va trop loin dans le Sénat des saints alors que je suis un simple humain. Enfin je crois. Enfin tout ça, ce sont mes problèmes à moi avec lesquels je veux pas vous embêter ni vous voler du temps de prière et de messe, vu que je préfère que vous le gardiez pour m'aider à rendre Elsa heureuse quand son besoin se fera sentir.

Dans l'attente, je vous envoie mon profond dévouement et toute ma sincère dévotion à votre bon Dieu.

Votre dévoué Barthélémy

CAHIER D'ELSA CHAUVIERE

Le noeud coulant de la corde se serre peu à peu autour de mon cou. Il n'y aura pas d'échappatoire. Tout se bloque. Je sens que tout se détériore, se raidit peu à peu. Pas seulement dans ma tête. Dans mon corps aussi. Les maux de tête reprennent, le coude plie moins, le genou se bloque. Je perds mes mains. Le prochain examen sera catastrophique. Je le sens. Les sinusoïdes se rapprocheront dangereusement. Tout est si désespérant. Tout ce que j'entreprends est si catastrophique. Tout ce que je pense. Rien ne me sauve. Ce pauvre monsieur Hautecour. Je ne pourrai pas réparer. Il est des choses qu'on ne répare pas. Suis bien placée pour le savoir. Avant j'avais au moins la conscience pour moi, j'étais la juste, que dis-je, la Justice-même. Maintenant...

Je ne peux même pas le dire à mon gentil Barthélémy. Pourquoi l'accabler d'une culpabilité qu'il ne mérite pas ? Serai seule à porter ce fardeau. J'irai jusqu'au bout. Ne m'évaderai pas lâchement en route.

Ce matin, Parpot m'a inondée d'un flot d'imbécillités. Ai eu une grosse colère. Ça m'a fait du bien. Ai réussi à rester polie. Me demande encore après tous mes malheurs, comment ils osent imaginer que je peux croire à leur Dieu de Bonté et de Miséricorde. Se foutent de moi ! Pourrais plus facilement croire en un Dieu de Mesquinerie. Barthélémy faisait des phrases compliquées incompréhensibles, débordantes de bons sentiments. Mais n'a pas su dire pourquoi ce Dieu protège un chauffard. Pourquoi le monde sourit à l'un, grimace à l'autre ? Pourquoi mon Ex, heureux, tranquille, successfull dit-on, et moi à côté, rampante ? Pourquoi pardonner ? Pourquoi toujours à moi de faire les efforts ?

Barthélémy Parpot
19 avenue de Verdun – 92000 NANTERRE

le 04 Février 1997

Chère Annette de St-Cyprien,

J'ai encore trouvé ma petite Elsa qui pleurait et tout se passe malheureusement comme je le redoutais bien, quand je pensais que son histoire de Destin à accomplir allait la plonger au fond d'un gouffre. J'ai essayé de la consoler sérieusement c'est-à-dire pour pas qu'elle soit malheureuse cinq minutes après. Au fond de mon coeur, je suis absolument certain de pouvoir la tirer de là parce que je l'aime très fort et à chaque moment davantage. Et tout ce que je fais et tout ce qui change en moi et en ma vie, prouvent combien cela est vrai. Des fois même depuis, je ne me reconnais pas !

Et puis je l'aime encore plus car je sens bien qu'elle aussi, elle m'aime un peu. Et chaque fois qu'elle m'aime plus, moi aussi je l'aime plus, et donc si ça continue, ça s'arrêtera pas et ça pourrait aller si haut qu'on aura même le vertige tous les deux. Le reste je m'en moque.

J'ai beaucoup plaint M. Hautecour pendant un moment, mais à quoi bon. Après tout il a fait du mal à ma pauvre Elsa chérie, et il mérite bien ce qui lui est arrivé, même si je sais bien au fond de moi que c'est doublement grâce à lui que je suis heureux aujourd'hui. À cause du quota amoureux secret bien sûr, mais aussi de l'accident car s'il avait pas abîmé ma petite Elsa comme il l'a fait, jamais elle n'aurait eu de la gentillesse pour moi. Mais tant pis, c'est la vie. Aujourd'hui je n'hésite plus avec les regrets, les remords, ce qu'on aurait dû faire et le reste qui encombre. Aujourd'hui je dis « Et puis tant pis ! » et ça me permet de faire des choses vraiment au lieu de dire que je vais les faire. Aujourd'hui seule Elsa compte pour toujours. Et bientôt je vais lui déclarer mon amour parce que je me rends compte qu'avec tout ce qui est arrivé, je n'ai pas eu le temps de me déclarer. Et puis je crois que j'ai presque décidé qu'en plus de le lui déclarer, je vais le lui prouver. Comme ça, mon amour sera définitivement plus fort que celui des beaux parleurs qu'on apprend au lycée, comme Rodrigue, Tristan, Werther et toute cette bande. Mon amour à moi sera le plus fort et ce sera le vrai bonheur parce qu'Elsa le mérite bien.

Ceci étant, ma chère Annette, et malgré la reconnaissance que je vous porte, je dois vous dire que j'en ai vraiment assez de ne pas pouvoir poster mes lettres à cause de votre caractère autoritaire, et aussi que votre mari a bien du mérite de supporter votre humeur qui saute tout le temps.

C'est d'ailleurs à lui que j'adresserai désormais l'expression de mes meilleurs sentiments car je suis sûr qu'il en a bien besoin.

Barthélémy Parpot

CAHIER D'ELSA CHAUVIERE

Ai demandé à Barthélémy l'adresse du Père Dom Clément. Sais pas exactement pourquoi mais je vais lui écrire en direct. Ai besoin de réponses. Barthélémy m'aide bien mais les réponses, si elles existent, ne sont pas chez lui. Peut-être je me trompe. Je n'ai pas tellement confiance dans les curés mais il ne faut négliger aucune voie. Ni oublier de régler le compte des menteurs.

Barthélémy m'a donné adresse et demandé pourquoi. Ai cherché à le feinter mais l'action et l'amour l'ont rendu presque intelligent, et moi je suis si fragile que je perds mon habileté à résister aux questions.

Lui ai tout avoué. Finalement. Lâchement. Pour me libérer moi-même. L'erreur tragique. Hautecour innocent. Hautecour martyrisé pour rien. Il a souri. Ce Parpot devient incompréhensible. Je perds ma maîtrise. Il prend le dessus. C'est incroyable. Il m'a prise dans ses bras. J'étais même bien. Il m'a embrassée sur la bouche et je me suis laissé faire. Je ne comprends plus rien à rien. Les événements m'échappent. Je ne contrôle plus. Il ose sans que je le guide. Et puis encore, après, le plus incroyable. Il m'a dit : « Ne t'en fais pas, on a encore ce Sénateur à régler et deux ou trois autres aussi, puis je saurai te dire quelque chose qui te tranquillisera. Fais-moi confiance. Tout se passera toujours bien pour toi parce que je m'occuperai toujours de toi ! Que de toi ! »

J'avais envie que tout soit vrai comme dans un conte de fée ! Pourtant je n'oubliais pas que mon pauvre Barthélémy ressemblait autant à une fée que moi à une championne olympique du cent mètres haie, et que demain serait un jour aussi long qu'aujourd'hui.

Je ne sais plus s'il faut poursuivre ce Destin. Barthélémy fonce plus vite que moi. À ma place. Qu'arrive-t-il ? Il me demande huit jours. Il sait ce qu'il va faire mais ne veut rien me dire. Je suis ballottée. Mais en ai tellement assez de tout décider, de me battre seule. Pour des résultats si lamentables.

« Ni toi, ni moi n'auront plus les nuits blanches qui font souffrir. Nous serons toujours ensemble, endormis l'un contre l'autre. Je t'aime d'amour et de mariage, ma petite Elsa chérie. Surtout je veux que tu veuilles. Je serai ton frère, ton serviteur, ton amoureux, tu auras tout ce que tu voudras. Je fabriquerai des appareils qui te feront marcher. Tu te vengeras de la terre entière si tu le souhaites, et je vais te le prouver »

Sa voix n'était plus celle de mon Barthélémy, non, elle était affermie et volontaire comme celle d'un homme. Et je l'écoutais et j'avais envie de dire oui, d'oublier qui il était, mon chariot, mes béquilles, mes degrés qui foutent le camp, ma maladie qui regimbe et me rattrape.

« Le Ministère me semble vide de sens. Il poursuit sa route comme un immense paquebot de fer que rien ne saurait plus arrêter. Les coursives en sont désertes, les quelques passagers qui y passent furtivement sont des inconnus qui tendent à le rester à tout jamais. Il y a peut-être une vague connivence entre eux mais elle ne me concerne pas. Le quai est déjà loin, et il est trop tard pour reprendre pied sur ce bateau.

« J'ai voulu parler à Barthélémy pour tenter de lui éviter ce naufrage. À cause de sa gentillesse et de toutes ces heures particulières qu'il a partagées avec loyauté et discrétion, comme un témoin silencieux sans que jamais une seule parole ne soit échangée entre nous. À cette époque, le regard tranquille et bon de Parpot, sa transparence même, m'avait souvent rassurée, comme une bouée insubmersible au milieu des écueils que je traversais. Aujourd'hui je me sens hors-jeu, enfermée dans une cellule dont je ne me serai finalement jamais échappée. Malgré les illusions, les amants, les voitures qui roulent à vive allure vers les aéroports. Toujours il y aura eu, par-dessus tout, cette lutte perdue d'avance pour vivre libre et rester en même temps celle que les hommes désirent longtemps.

« Je suis restée enfermée toute ma vie durant. Voir sa cage, c'est sans doute déjà commencer à s'en échapper. Enfermée par les lois du silence, par ce travail et ces murs, par mon mari et son absence, par mes amants et mes passions, par ma stupide fille... Où est l'issue ? Faut-il tout perdre pour se survivre ? Faut-il renier sa vie pour s'en évader ? Tout est désespérance. Je ne peux plus. Les carcans sont pour tous. Qu'est-ce qui régit la vie heureuse des gens ? Y a-t-il des gens heureux ou font-ils semblant ? Comme moi. Je n'ai plus rien à désirer. Ma vie est-elle achevée ?

« J'ai dit à Barthélémy de se méfier, de ne plus suivre cette Elsa comme son ombre, de ne pas commettre des actes qu'il serait amené à régler seul. Mais les réponses de Parpot me disaient qu'il était trop tard.

« Il avait embarqué Elsa dans sa tête, comme une idée obsessionnelle qu'il ne quitterait pas, et il n'y avait rien à gagner à vouloir le convaincre. J'étais prête à me fâcher pour le sauver, mais là encore il était trop tard : j'aurais pu me fâcher mais point le détourner. J'ai laissé filer là aussi, là encore.

« Advienne le destin des choses. Moi je suis hors de ce jeu. Je n'avais de vocation qu'à être actrice. La mise en scène ne m'a jamais intéressée. »

CAHIER D'ELSA CHAUVIERE

Barthélémy est passé me chercher vers 19h00. Il faisait froid. Quelques flocons de neige effleuraient la chaussée avant de disparaître. Il s'était garé en face de mon appartement. Je me suis glissée dans la voiture. Barthélémy a prestement plié mon chariot dans la malle, et m'a mis un plaid sur les jambes parce qu'il n'y avait pas le chauffage dans sa voiture. Nous avons roulé à travers Paris, les rues étaient étrangement désertes, sans doute à cause du froid. Nous avons passé le Châtelet, la Concorde, les Champs, puis l'avenue Foch, avant de tourner Porte Maillot vers Neuilly. Je ne savais pas où nous allions. C'était sa surprise Il se dirigeait en sifflotant et en regardant régulièrement sa montre. Il avait mis une cassette de Gainsbourg, avec une chanson surtout, qu'il reprenait à tue-tête, avec bonne humeur, et il me faisait rire. C'était celle sur Bonnie Parker et Clyde Barrow. Peu à peu nous nous réchauffions, à rire, et cette balade me plaisait. Je m'attendais à arriver dans quelque restaurant plus ou moins défraîchi où un maître d'hôtel nous sortirait le grand jeu. Un hôtel, je ne l'en croyais pas capable. Il regardait souvent sa montre. « Nous ne serons pas en retard », me disait-il. Mais lorsque je recommençais à le questionner, de plus en plus curieuse, il disait « Surprise ma Cerise », et il riait. Le bonheur simple doit être contagieux. Il sortit même une flasque de whisky de sa poche, et m'en proposa pour me réchauffer. J'en bus deux gorgées. Les premières depuis longtemps, de celles qui vous vont direct au cerveau sans passer par le sang. Tout flottait légèrement dans la voiture. Il finit le whisky d'un trait parce que ça donne du courage, m'a-t-il dit.

Puis nous quittâmes l'artère principale, pour une autre moins large, pour une troisième moins éclairée, et de carrefour en carrefour, nous pénétrions dans un quartier résidentiel, loin des restaurants attendus. Nous étions dans une rue bordée de maisons particulières cossues, dissimulées au fond de grands jardins qui les séparaient de la rue. Nous nous garâmes le long d'un mur finement crépi. Les poubelles étaient sorties, les gens rentrés. Une mince pellicule de neige commençait à blanchir la terre.

« Qu'allons-nous faire ? » lui ai-je écrit réellement intriguée.

Il avait laissé le moteur tourner mais éteint les phares.

« Sois patiente ! La surprise est pour dans moins de dix minutes...» me répondit-il en regardant sa montre, les mains vissées au volant.

J'en ai pris mon parti, n'espérant rien de très drôle ni d'étonnant de mon Barthélémy, mais après tout il avait bien droit à ses petites fantaisies aussi stupides seraient-elles. Enfin si ça consistait à observer quatre poubelles débordantes ou le jeune type qui sortait de la maison d'en face pour promener son berger allemand, on pouvait décréter qu'on les avait vus et repartir avant que tous les restaurants ne soient fermés. Maintenant j'attendais un jeu de mot stupide concernant Neuilly, les poubelles, le nom de cette rue... ou une déclaration d'amour en forme de charade. Devant nous, le type avait laissé pisser son chien sur le trottoir, et marchait maintenant sur la chaussée. Toujours sans phare, Barthélémy démarra sans bruit comme pour bien se lancer. Il avait pris un peu de vitesse, nous étions à vingt mètres du type, mais de l'autre côté de la route.

Après c'est allé très vite. Le coup de volant, l'écart de la voiture, le crissement des pneus, l'aboiement, le type projeté devant nous, son visage aperçu le temps d'un dixième de seconde, devant le pare-brise, et pourtant reconnu aussitôt. Notre voiture a filé. Je me suis retournée. Le type gisait sur la chaussée, son chien était assis à une dizaine de mètres de lui. Avant d'atteindre le carrefour suivant, Barthélémy remit les veilleuses. Et trois rues plus loin, à l'abri des regards, dans le renfoncement d'un garage, il est sorti avec un. tournevis. Nous n'avions pas échangé un mot depuis l'accident. Il s'affaira devant le capot, puis derrière la voiture, et revint rouge de froid, avec deux plaques minéralogiques dévissées. Il les posa à mes côtés, bien en vue, pour que je puisse lire 2581 CQA 75. Puis nous redémarrâmes.

L'angoisse m'avait dégrisée. Je ne savais plus à côté de qui j'étais. Un doute immense m'envahit. Après tout je ne savais pas grand chose de Parpot. Il fallait parler. Vite parler comme je pourrais. Briser ce silence.

– Tu utilises souvent ces plaques ?

Il m'a regardée surpris.

– Ben non, c'est la première fois, évidemment.

– Et ce type, c'était bien mon Ex ?

Il a pas compris. Ai pris un papier pour reposer ma question.

– Oui, oui, c'était bien lui qui a fait l'aviateur, m'a-t-il alors répondu avec ravissement.

Papier : « Pourquoi as-tu mis ces plaques ? »

– Des fois qu'un témoin nous ait surpris. Ça lui rappellera des souvenirs parce que tu m'avais dit qu'il ne supportait plus de t'entendre répéter ce numéro.

J'étais abasourdie. Savais pas si on avait bien fait, mais je n'étais pas mécontente. Plutôt satisfaite. C'était une belle vengeance comme je les aime, avec rien à expliquer entre quatre yeux. Mon Ex avait assez de souvenirs pour faire le travail de mémoire qui s'impose. J'étais contente sans savoir, sans être sûre d'avoir le droit de me venger de lui. Enfin là, il n'y avait aucun doute sur la cible. Quant à la punition, elle serait divine. Il se relèverait avec quelques hématomes, ou il profiterait des joies de trois mois d'hosto, ou il découvrirait l'odeur des planches de sapin. À Dieu de décider.

– Tu crains pas que le coup de la plaque soit un peu voyant ? n'ai-je pu m'empêcher de lui demander avant de poursuivre sur mon papier : Moi personnellement je me fous des conséquences, je ne redoute plus rien, mais toi mon petit Barthélémy, il faut te préserver. Déjà que l'histoire du parking était risquée…

– Ça m'est égal mais j'aimerais que tu dises tout fort « mon petit Barthélémy » plutôt que de l'écrire…

J'ai essayé de lui faire plaisir mais ça a donné à cause d'un bégaiement stupide, « mon petit Babar ». Et on en a ri bêtement. C'est la vraie vie de rire pour rien. Ça ne m'était pas arrivé depuis si longtemps. Après nous sommes redevenus sérieux. Lui ai réécrit au sujet du risque qu'il courait et qui commençait à me gâcher le plaisir de cette virée. Mais il semblait avoir tout prévu, il m'a dit :

« Ne t'inquiète pas, nous avons un alibi en béton. Nous avons passé la soirée avec Nelly, Sylviane, Denis, Robert, Raymond, Jacques et Dominique chez moi. D'ailleurs dès qu'on sera revenu, on va appeler les policiers pour tapage nocturne... Il y a pas de risque qu'ils oublient la Tour des Miracles qu'ils vont voir, et meilleurs témoins ça existe pas. L'idée est de Nelly. Mais avant on a un autre petit rendez-vous. »

En suis restée soufflée.

Le monde se renversait sous mes pieds.

Nous repassions les Champs, puis la place des Ternes et nous nous enfoncions dans le dix-septième vers le Parc Monceau.

Barthélémy continuait à siffloter, à se comporter comme l'incontournable ami au jugement sûr qui sait décider à votre place. C'était peut-être le plus incroyable de toute cette affaire. Mon Barthélémy jouait le rôle à merveille sans avoir l'air de se forcer.

« Ma petite Elsa semblait contente ce qui voulait bien dire que je ne m'étais pas trompé, et en fin de soirée quand je pourrai lui dévoiler le secret du fait que je lui aurais auparavant prouvé la détermination de tout mon amour, alors elle me sautera au cou, de joie et de délivrance vraie. Mais il restait encore du travail de vengeance à mener et comme on devait passer près du Parc Monceau j'avais préparé un nouveau truc pour elle. C'était un truc pas compliqué, comme une récréation avant le plus difficile qui était pour plus tard dans la nuit.

« Je dis que ce n'était pas difficile parce que je l'avais déjà réussi dans le passé à Toulouse, et je crois que quand on a fait une chose une fois, après c'est toujours plus facile de la répéter même si ce n'est pas à Toulouse. D'autant que par chance c'était sur la même marque qui était Mercedes, ce qui allait rudement me simplifier la tâche.

Donc je suis allé directement au 17 de la rue de Lisbonne avec plein de papiers d'Elsa qui s'accumulaient sur le tableau de bord, mais je faisais semblant de pas les entendre pour garder la surprise intacte. Sur la plaque du 17, il y avait un nom gravé en grosses lettres, et Elsa a commencé à deviner car elle a mis un large sourire de joie. Moi je venais d'apercevoir dix mètres plus loin la canne blanche de Robert qui s'agitait comme toujours dès qu'une voiture passait. Il était devant un parking privé avec un portail qui s'ouvre tout seul si vous avez la manette électronique comme tous ceux qui ont une place dedans. À mon avis tout le quartier avait dû le remarquer. Je suis descendu lui dire qu'on était arrivé, et il a balancé deux coups de canne contre le portail métallique qui s'est presque aussitôt ouvert grâce à la manoeuvre habile de Raymond qui s'était glissé à l'intérieur au passage d'une voiture. Ils attendaient depuis plus d'une heure, l'un dehors dans le froid, l'autre dedans caché dans un débarras, la main sur l'actionneur d'ouverture.

Bien sûr monter cette expédition avec Robert n'était pas de tout repos, parce qu'un aveugle pour repérer quelqu'un ça reste très aléatoire. Quant à un poliomyélitique pour se faufiler sous un portail métallique derrière une voiture, c'est pas simple non plus. Mais Robert était toujours volontaire pour les coups tordus, et là quand il avait appris qu'il s'agissait d'un avocat, il n'avait plus été envisageable de ne pas l'emmener, vu les histoires compliquées avec la justice et les avocats véreux qui l'avaient à moitié ruiné.

Nous avons péniblement embarqué les deux à l'arrière, et je suis descendu dans les étages sous les conseils de Robert qui peut pas se taire même quand il sait rien. On est arrivé comme ça au troisième sous-sol, et on a fini par trouver la Mercedes rouge métallisé, coupé sport décapotable à diesel turbo et injection et tout ce qu'il faut. J'ai sorti de sous mon siège une grande barre de fer que j'ai montrée à Elsa en chantonnant « Si j'avais un marteau » de Claude François.

Elsa m'a juste écrit : « C'est bien la voiture de mon avocat ?». J'ai dit oui et elle est partie d'un immense sourire de contentement qui m'a traversé le coeur de rempart en rempart. Puis elle a vite pris un autre papier et un stylo pour m'écrire la liste des courses.

« Pare-brise/Vitre arrière/2 Phares avant/2 Vitres portières »

Je suis sorti de la voiture et méthodiquement, un par un, comme marqué sur la liste, j'ai mis en mille morceaux tout ce qui était inscrit. Après je suis vite remonté pour démarrer parce que j'avais peur qu'avec le bruit on se fasse attraper, mais Elsa m'a tendu un deuxième papier avec finalement les phares arrière qu'elle avait dû regretter de pas avoir mis la première fois, plus les portières. Si bien que la voiture commençait à ressembler à rien.

Raymond commentait scientifiquement chaque coup à Robert. « Phare avant droit explosé », « Portière gauche enfoncée à dix centimètres de la serrure », « Anti-brouillard fendu en travers ». Sa voix résonnait dans le parking parce qu'il criait pour couvrir le vacarme. Robert s'en mêlait aussi « Crève les pneus », « Démolis le radiateur », « Fous le feu ». Ça devenait très bruyant et dangereux, d'autant que Robert voulait me prendre la barre de fer et qu'on allait finir par se blesser. Raymond commençait à s'impatienter et moi aussi, et j'ai même eu du découragement quand en revenant, Elsa m'a donné une troisième liste pour les dernières vitres oubliées, le capot, le tableau de bord, et les fauteuils à lacérer. J'ai rajouté de moi-même les quatre pneus et les essuies-glace en huit, pour être sûr d'en avoir définitivement fini. Et aussi le macaron parce que je l'avais bien réussi quelques années plus tôt à Toulouse.

Puis nous sommes finalement repartis. Arrivé devant le portail, Raymond a appuyé sur le déclencheur avec la canne de Robert. Elsa était folle de joie, elle riait et chantonnait. Elle m'a même redit exprès « mon petit Babar » et on en a ri encore. C'est la première fois que je la voyais si heureuse, seulement Robert me gâchait l'idylle avec ses commentaires à la noix. J'ai remis le contact et on a foncé chez moi faire le coup du tapage nocturne. Je suis sûr que les deux gardiens de la paix ne nous oublieront pas tellement on a pas fait dans les fioritures de la dentelle. En tête il y avait Denis qui se traînait à terre grâce à deux fers, puis venaient les yeux blancs de Robert, le moignon de Sylviane qui battait l'air, Nelly qui accrochait ses petites mains au ceinturon du policier, et enfin Raymond qui gesticulait en se cognant entre le frigo et le placard comme s'il arrivait pas à s'en sortir.

Les deux képis ont vite remballé leur morale et nous ont suggéré avec beaucoup de politesse de baisser la musique, on s'est exécuté avec bonne grâce, parce que « De toute façon vous avez raison, on arrive pas à danser », on leur a dit, histoire de les gêner encore un peu. Parfois quand on est réuni, on a l'impression qu'on fout la trouille aux bien-portants. Robert n'arrête pas de dire qu'on devrait se réunir plus souvent. »

CAHIER D'ELSA CHAUVIERE

Barthélémy m'a dit qu'on avait encore une dernière mission à accomplir. Je l'ai regardé éberluée, mais très contente. Nous sommes repartis en voiture. Je ne savais pas où. Barthélémy tenait à la surprise. Et moi j'aimais de plus en plus ses surprises. J'étais contente et heureuse comme jamais depuis 2581 CQA 75. Barthélémy a remis sa cassette avec Bonnie Parker et Clyde Barrow : ai même chantonné avec lui.

Mes coudes me font très mal ce soir. Avec le froid. Sais très bien ce qui commence à m'arriver. Mais veux l'oublier ce soir, cette nuit.

Il était presque 22h30. Nous nous sommes garés Boulevard St-Germain devant un immeuble cossu. Barthélémy a sorti mon chariot de la malle. Je m'y suis installée. Il m'a approchée d'une lourde porte cochère défendue par un code électronique. Il a pianoté d'une main assurée quatre chiffres, et un déclic nous a donné l'autorisation d'entrer. Dans l'ascenseur, il m'a dit que c'était Sylviane qui lui avait procuré le code d'accès. Au troisième étage, on est sorti. Sur le palier à droite, vissée au mur, une plaque de cuivre : « M. Claude-Daniel Missourian, Masseur-Kinésithérapeute ».

J'ai écrit affolé : « Je ne le connais pas. Tu vas commettre une erreur ! ».

Il m'a répondu :

– Je sais, mais c'est le Président National des Masseurs-Kinésithérapeutes. Il représente tous les autres.

Il a sonné. On a entendu un peu de bruit. Puis finalement la porte s'est entrouverte. Un type d'une cinquantaine d'année, en pyjama et veste d'intérieur a pointé son nez. Derrière lui, au fond, on entendait une télévision qui marchait.

– De quoi s'agit-il ? a-t-il demandé d'un air étonné mais rassuré de voir mon fauteuil roulant.

– C'est pour une urgence, a répondu Barthélémy.

– Je ne reçois que sur rendez-vous et jamais à cette heure-ci.

Il avait repris de cette assurance idiote du médecin qui vous renvoie avec votre maladie, au moment où vous avez vraiment besoin de lui, parce que ça le dérange. Présentement à cause de la fin du film sur TF1.

Bon et à ce moment-là, mon Barthélémy a sorti de sa poche un gros pistolet, et l'a pointé sur lui. J'ai vite avancé mon chariot pour l'empêcher de refermer la porte. Il a reculé en disant « Mais que me voulez-vous ? ». Trois fois. Nous sommes entrés et nous avons refermé la porte.

– J'ai très peu d'argent, a-t-il dit. Enfin un peu pour vous dépanner si…

– Monsieur, nous ne sommes pas des voleurs, nous ne voulons pas d'argent. Je vous ai dit que Mademoiselle avait une urgence…

Moi je regardais étonnée mais contente, contente et contente.

Il nous a conduits dans son Cabinet. On l'a suivi. Ai vite écrit à Barthélémy que sa femme risquait de donner l'alerte. Il m'a rétorqué à voix basse que Sylviane lui avait dit qu'il vivait seul.

Le Président des Kinés a allumé la lampe de son bureau. Dans la salle voisine, par la porte restée ouverte, on apercevait des tables avec des poulies dessus, des barres fixées au mur à des hauteurs différentes, des poids posés sur le sol.

– Que vous arrive-t-il donc ? Mais vous pourriez baisser votre pistolet maintenant puisque tout s'arrange entre nous.

– Non Monsieur.

La détermination de Barthélémy l'a douché, mais il a poursuivi vers moi pour se donner de la contenance.

– Je suppose que c'est Mademoiselle qui a quelques problèmes. Le dos peut-être ?

– On aimerait que vous nous montriez comment marchent les machines qui sont là juste à côté.

Le Président des Kinés s'est levé de moins en moins rassuré, et nous a invités à passer dans la salle de gymnastique. Je savais toujours pas ce que Barthélémy avait prévu au programme, mais j'aimais de plus en plus ses surprises et je lui faisais une confiance totale. La vue de cette salle éclairée par deux néons sordides, m'a glacée. Barthélémy lui a dit de s'installer sur la deuxième machine, celle où vous devez pousser des poids avec les bras, et aussi avec les jambes en pliant au genou pour retenir d'autres poids. Un truc très compliqué qui vous épuise en dix minutes. Le Président des Kinés s'est allongé de mauvaise grâce et nous a montré le mouvement. Mine de rien, Barthélémy a contourné la table, et ajouté des poids devant et derrière. Beaucoup de poids. Puis il a fait sauter les quatre cales de sécurité qui bloquent les poids et les empêchent de vous écraser si vous faiblissez brutalement ou ratez le geste. Et ce système est tellement mal foutu que quand c'est parti vous ne pouvez plus vous arrêter sans les cales sous peine d'être écartelé. Et hop ! les bras qui montent, puis les jambes, puis les bras… Comme Barthélémy en avait assez de tenir son arme, il a attaché un fin poignard acéré sur le dernier poids, si bien qu'en s'arrêtant, le Président des Kinés était non seulement écartelé mais également égorgé.

« Comment as-tu pu imaginer ça ? » ai-je gribouillé sur un bout de papier qui traînait par terre.

Il s'est penché et m'a murmuré au creux de l'oreille :

« C'est Sylviane qui me l'a expliqué parce qu'elle est venue faire de la rééduc ici. Seulement trois séances parce que ce Président des Kinés est un vrai salaud, et donc ce soir, on fait un double coup de la vengeance ».

Ça faisait bien dix minutes que le Président des Kinés grimaçait, suffoquait, rougissait. Deux fois il avait crié « Arrêtez ça ! », deux autres fois « Arrêtez par pitié ! », ce qui était mieux, et une fois « Qu'est-ce que je vous ai fait ? ». Barthélémy s'est levé, a fait le tour de la table, et profitant de ce que le Président avait fermé les yeux pour se concentrer, il a remis discrètement deux des cales. Puis il a dit « Bon on a compris, on s'en va », et le Président des Kinés « Par pitié, ne me laissez pas comme ça ! » Je me suis approchée de lui et j'ai fixé son regard désespéré, je lui ai souri en lui faisant non de la tête. En repartant, nous avons éteint les lumières histoire de le plonger dans le noir et qu'il ne voit pas que les cales avaient été remises.

Dans la voiture, Barthélémy a dit que ce serait la vengeance de Dieu. Ou il lâcherait et serait sauvé, ou il poursuivrait jusqu'à l'infarctus. Évidement du Divin, que du Divin !

Barthélémy Parpot
19 avenue de Verdun – 92000 NANTERRE

le 06 Février 1997

Chère Annette de St-Cyprien,

Après beaucoup de choses qui ne s'écrivent pas même sur les lettres qu'on n'envoie pas, je me suis de nouveau retrouvé avec Elsa dans ma vieille voiture, sous la neige qui s'était mise à tomber fort, même que mes phares si faibles arrivaient mal à trouer le rideau blanc qui s'agitait devant nous comme un voile nuptial. On est allé au sommet de la Tour Montparnasse. Ascenseur à fond les manettes et table pour deux, enfin nous deux, contre la grande baie vitrée comme j'avais bien demandé au téléphone. Il faisait nuit noire, dehors les flocons tombaient comme dans les films que j'aime. J'avais jamais vu Paris aussi beau, et Elsa pareil. Le garçon est venu pour la commande. Elsa a pris une lotte rôtie sur son lit de poireaux et moi une Caille sauce Grand Veneur, je crois, et j'ai senti le moment de lui dire mon grand secret, surtout pour qu'elle dîne libérée et heureuse, et avec du Bourgogne Fagoté plein les verres qui se videront pour le bonheur.

Le grand secret à avouer, c'est que je n'avais pas été toujours fidèle et totalement dévoué à ma petite Elsa. Parce qu'au début je croyais mal à son histoire de Destin et tout ça, alors la deuxième fois où j'avais rencontré Marco, seul, pour lui remettre l'argent, j'ai dit qu'on avait changé d'avis et qu'on voulait lui filer une grosse raclée mais pas le tuer ni le laisser handicapé à vie. Pas la colonne vertébrale j'ai dit. Marco m'a répondu qu'il s'en foutait mais que c'était le même tarif. Je lui ai donné l'argent. Puis dans le parking, j'ai surveillé pour éviter les dérapages parce que l'élan des fois ça déborde. Mais là, je crois pas. Si ça se trouvait, ce serait un pur accident, mais ça se trouverait pas.

Je lui ai dit que je croyais l'avoir trahie et que je pouvais pas le lui avouer tant que je ne lui avais pas prouvé que j'étais bien un chevalier prêt à tous les risques pour la venger. Maintenant sa cause était vraiment la mienne, et même si aujourd'hui il fallait briser Hautecour ou n'importe quel autre innocent, je le ferai tant je l'aimais et tant son Destin était le mien.

Elsa m'a sauté au cou avec ses deux bras, enfin c'est l'expression qui est comme ça. « Ah ! mon Barthélémy, ah ! mon Barthélémy », elle répétait ou à peu près. Même que les autres tables valides se sont retournées vers nous. Ils avaient tous l'air de s'ennuyer beaucoup là-dedans. Elle a ri et bu et ri, et moi aussi, et aussi que la vie était belle ce soir dans les flocons qui voletaient en plein ciel à nos côtés.

Au dessert, je suis allé dire au garçon qu'on voulait un gâteau avec des bougies qui scintillent et crépitent, parce que c'était l'anniversaire d'Elsa. Encore que c'était pas vrai mais je voulais que toutes les fêtes soient pour ce soir. Alors à un moment donné, même que je ne m'y attendais pas, la lumière s'est éteinte, et ils ont apporté le gâteau avec tous les garçons alignés les uns derrière les autres qui chantaient très fort *Happy birthday*. En vérité, la surprise a été aussi forte pour elle que pour moi. Puis ça s'est éclairé, et toutes les personnes de la salle qui nous regardaient, se sont mises à applaudir. Et Elsa était ravie, et nous avons ri beaucoup en buvant du Champagne avec tous les garçons que j'avais invités à boire avec nous.

On est reparti gaiement. Dans l'ascenseur, elle m'a tiré vers elle pour m'embrasser sur la bouche, et m'a sorti un petit mot préparé « Viens chez moi ce soir ». Il était plié tout propre et n'avait visiblement encore jamais servi.

Elle habite un joli petit appartement en rez-de-chaussée, bien décoré, tapissé en clair, avec de grands tableaux en vrai, à la peinture à l'huile, encadrés, qui représentaient de l'espace, avec de grands ciels, des sommets de montagne ou des mers. Il y avait aussi plein de boutons partout parce que l'appartement était médicalisé. On est allé directement dans sa chambre. Elle m'a demandé d'attendre un peu. Elle s'est installée à son bureau pour écrire plein de nouveaux petits mots qu'elle a posés sur sa table de nuit. J'ai pas osé regarder mais j'en mourrais d'envie.

Puis elle m'a tendu le premier. « Mets-toi au lit, j'arrive tout de suite ». J'ai dit que j'allais l'aider, elle a froncé les sourcils méchamment, et m'a silencieusement ordonné d'obéir à son petit mot.

Elle est allée dans la salle de bain attenante. Je me suis glissé dans les draps qui sentaient la lavande et qui étaient très doux. Elle est revenue dans une grande chemise de nuit de soie ivoire comme Marilyn Monroe en avait. En un tour de main, elle s'est glissée à côté de moi, contre moi dans le lit, elle a baissé la lumière, ne laissant qu'un halo pour que je puisse lire les messages. Au cas où. Mais en la serrant doucement entre mes bras, tout contre moi, en la devinant qui s'installait dans tous mes creux, en la respirant, je savais que désormais je n'en aurais plus besoin.

Chère Annette, je ne vais pas vous raconter la suite qui est vraiment très intime et qui ne vous regarde pas. Et de toutes les façons j'en ai assez de ne pas avoir le droit de vous poster mes lettres. Toutes ces enveloppes blanches avec votre adresse me dépriment. Je ne suis peut-être pas un bon écrivain de lettres mais vous, vous n'êtes pas non plus la Vierge Marie pour jouer les stars comme vous le faites à décider qui a le droit d'entrer dans votre petite boîte aux lettres. D'ailleurs c'est la dernière lettre que je ne vous envoie pas, car je ne vous écrirai plus, ni aux autres encore que j'en sois moins sûr. Je vous salue,

Barthélémy Parpot

MINISTERE DES AFFAIRES INTERIEURES :

NOTE INTERNE	07.II.97
DE :	Commissaire Principal Semperé Direction Générale SRPJ
À :	Monsieur de Pellepoix Chef de Cabinet de Monsieur le Ministre

Les enquêteurs du SRPJ pensent que deux employés des Services Centraux du Ministère, M. Parpot et Mlle Chauvière, se sont rendus coupables de diverses agressions dans la nuit du 04/02/97. Et peut-être d'autres non identifiées, dont celle sur M. Hautecour. Une rumeur persistante va dans ce sens, bien qu'aucun témoignage formel n'ait pu être obtenu.

Ils n'ont pas été interpellés du fait de leur appartenance à nos services. Seul M. Parpot a été discrètement entendu. Il a un alibi parfait qui reste sujet à caution car bâti autour de personnes solidaires.

Comme il m'a semblé par ailleurs que Mlle Chauvière bénéficiait de certaines protections, je me suis permis de demander le gel temporaire de l'enquête. Les services sont dans l'attente. Il est impératif de leur donner des instructions au plus vite.

CAHIER DES MESSAGES TELEPHONIQUES RECUS PAR M. DE PELLEPOIX

08 Février :

1° : M. Marbleu rappellera pour savoir où en est sa demande de l'Ordre du Mérite (espéré dans la promo du 14 Juillet).
2° : Mme Léa Netterman (47.58.48.11)
3° : M. Lavalière vous fait dire que le problème que vous avez soumis ce matin, sera directement traité en haut lieu. Pour l'instant, et de façon urgente, il vous est demandé d'encadrer l'enquête en cours.
4° : Mme Christiane Guiraudy demande que vous la rappeliez avant 18 h 00.

Père DOM CLEMENT
Petite Abbaye – 91410 DOURDAN
à

Elsa CHAUVIERE
3 rue Pernety – 75014 PARIS

Dourdan le 11 Février 1997

Chère Elsa

Je ne vous connais point mais le ton de votre lettre montre une vivacité qui attire la sympathie.

Je ne vais pas, selon votre expression, vous "servir un discours de curé", ni essayer de vous convaincre de l'évidence du Pardon, et encore moins chercher à minimiser votre accident et votre désarroi dans le grand fleuve des malheurs des hommes.

N'espérez pas en effet, Chère Elsa, que les souffrances, quelles qu'en soient leur cause, puissent se transmettre ou se partager. Nous les abritons en nous-mêmes, pour nous seuls, au travers de l'angoisse et de la peur, aménagées au fil du temps mais rarement érodées.

Entre ceux qui, un moment de leur vie, ont traversé de longs mois, de longues années de souffrances, de tortures physiques et morales, peut s'installer une fraternité née de l'intuition de l'infinitude des figures de l'horreur, ils ne parviennent pas pour autant à discerner pleinement la souffrance de l'autre.

J'ai souvent échangé avec des rescapés des camps de la mort. De cet enfer terrestre dont personne n'a jamais été vengé, malgré quelques procès où d'infâmes bourreaux se sont dissimulés derrière leur hiérarchie, masquant ce qui, à chaque stade, a été ajouté par zèle et adhésion. Au Ministère même où vous travaillez, qui a jamais parlé du policier qui a arrêté l'enfant juif de cinq ans ? De l'instant précis où posant sa main sur son épaule et croisant son regard limpide, il n'a pas dérogé... Comment ne pas constater la tragique impuissance de la vengeance devant l'excès de l'abomination !

Par-delà la chimérique vengeance, tous m'ont dit que leur deuxième terrible souffrance, était cette impossibilité de raconter la monstruo-

sité vécue, de s'en libérer sur les autres, parce que l'horreur pure et froide se déploie dans le seul instant présent. Et à cause de cela, on ne peut plus jamais l'anéantir.

Ma chère et malheureuse Elsa, vous avez cru vous libérer, d'une certaine façon, en punissant un coupable et rejoindre ainsi le cours d'une vie dite acceptable.

La tête du bourreau, posée à son tour sur le billot, prend dans l'instant ultime et fatal, le masque de la victime. Il n'y aurait de vengeance que fulgurante, instantanée, concomitante et donc pour tout dire Divine. La manifestation divine appartient à Dieu.

Votre victime n'était pas votre bourreau, elle ne l'aurait jamais exactement été. Pour nettoyer sans se salir, pour éviter les remords, les hommes ont inventé la Justice, les tribunaux, les plaidoiries et les mensonges.

Vous pourriez poursuivre votre imparfaite vengeance, mener une nouvelle enquête, ourdir un nouveau complot, frapper encore, vous étourdir. Mais vous savez qu'au bout de ce chemin, vous n'auriez fait que rendre Monsieur Hautecour plus innocent encore. Une vengeance a eu lieu, puisque vous l'avez exigé, contentez-vous de son imperfection, chassez vos remords, reposez en paix, et accordez-moi que ces derniers mots ne sont pas ceux d'un "discours de curé".

Laissez le temps passer. Vous m'écrivez que vous avez déjà fait beaucoup de deuil en peu de temps, celui de votre ancien fiancé, celui de vos jambes, celui d'une vie normale, et aujourd'hui devant vous celui de votre haine vous semble impossible. Cela est pourtant le lot de la vie de nous tous, et vous êtes une parmi nous, en ces joies et en ces peines,

Père Dom Clément

CAHIER D'ELSA CHAUVIERE

Agathe m'a téléphoné avec la voix de fin du monde. Il fallait que je me rende immédiatement chez M. de Pellepoix, au Cabinet du Ministre, lui-même. Elle n'a pas pu s'empêcher de me demander si je le connaissais et si c'était grâce à lui que j'étais entré dans le quota. J'ai grogné "Non" avec une telle force, qu'elle en a éprouvé à l'autre bout du fil une angoisse plus forte encore car elle m'a dit que c'était la première fois qu'un tel événement se produisait. Personne n'était jamais allé dans le bureau de M. de Pellepoix, hormis quelques chefs de service mais toujours dans ces cas-là pour se faire remonter les bretelles, et ils n'avaient jamais été très loquaces en ressortant.

Je suis montée dans les étages, sans peur, persuadée que le Président des Kinés ou mon Ex avaient donné les éléments pour nous identifier.

Au quatrième, le palier est plus large, la moquette plus épaisse, les fauteuils plus confortables et plus neufs. J'ai demandé M. de Pellepoix à la première personne que j'ai croisée, elle m'a regardée avec étonnement et m'a dirigée vers son secrétariat. Là une jeune femme très bien habillée, les cheveux relevés, avec de fines lunettes, m'a demandé de patienter quelques secondes. Puis elle m'a dit d'entrer en me désignant une porte capitonnée de cuir qu'elle a eu la gentillesse de m'ouvrir.

Le bureau était vaste, agréable avec une vue incroyable sur Paris. Il n'y avait personne assis au bureau. J'ai continué à avancer. Dans un recoin, un homme qui m'a paru assez âgé, les cheveux blancs, de large stature, debout, le dos tourné, regardant les toits de la ville avec une attention qui ne semblait pas feinte. J'ai attendu ainsi de longues secondes. Puis M. de Pellepoix s'est retourné lentement. Son air était grave.

– Ainsi vous êtes Elsa Chauvière, a-t-il dit en me dévisageant comme un zoologiste l'eût fait avec un macaque d'Asie Mineure.

J'ai dit oui de la tête.

– Moi, je ne suis pas M. de Pellepoix. J'ai seulement emprunté son bureau.

Vu le silence, ai tendu un de mes papiers : « Qui êtes-vous ? »

Il a hoché la tête.

– C'est vrai... Vos fameux bouts de papier. Je suis, enfin on m'appelle le Sénateur.

J'ai sursauté et ce fut mon tour de le scruter comme une bête curieuse. Je me suis approché de lui et légèrement déplacé vers la droite car le contre-jour gênait ma vision. Il semblait avoir une certaine aisance, de la présence, ce qu'on appelle communément de la classe.

– Bien sûr, vous savez qui je suis...

J'ai hoché la tête, attendant avec anxiété la suite. Mon regard était accroché à ses yeux mais il l'acceptait sans fuir. Cette fois.

– C'est moi qui le 30 mai 1993, était dans la voiture grise immatriculée 2581 CQA 75. La voiture qui a grillé le feu rouge à ce carrefour et qui vous a malencontreusement envoyée contre le bus 51.

Mon regard était de plus en plus pressant, il a continué avec la même voix grave.

– Et qui ne me suis pas arrêté.

J'ai tendu le papier « POURQUOI ? » en majuscules. Puisque c'était la seule vraie question.

– Je suis un homme qu'on dit important. Absent des médias et des plateaux de télévision, mais pas des commandes du pouvoir, du vrai pouvoir, celui où se jouent les décisions qui engagent l'avenir... À certains postes, on a de rares amis, de nombreux courtisans, et surtout des ennemis, et les coups que l'on peut porter, sont à la mesure de ceux que l'on peut soi-même recevoir.

Il marqua une pause comme pour trouver ses mots, ou avant d'aborder un passage plus difficile à expliquer.

« Ce jour-là, j'étais accompagné d'une personne qu'il était impossible de laisser découvrir en ma compagnie. Je ne peux vous en dire plus là-dessus mais cela importe peu au vu de votre souffrance. J'ai hésité à m'arrêter, le mal était fait, irréparable

pour ma part. Déjà un attroupement s'était formé autour de votre voiture. Nous eussions été sur une route de campagne déserte, je me serais arrêté, je ne vous aurais pas laissé sans secours. Libre à vous de me croire ou non. »

Bizarrement, je le croyais. Cet homme de toutes mes haines, ce 2581 CQA 75 mille fois vomi, n'était déjà plus celui que je m'étais fabriqué.

« Dès le soir, je me renseignais sur vous. Vous avez été transférée sans le savoir dans le meilleur service Traumatologie de Paris, et je puis vous dire que les trois meilleurs professeurs actuels se sont penchés sur votre cas. Pour votre convalescence, une place avait été réservée dans le meilleur centre de thalassothérapie de Bretagne, mais vous avez exigé Bagnères. Moi dans l'ombre, je n'avais rien à vous imposer. Par chance, vous avez accepté l'HLM médicalisé. Sachez qu'il y en a 340 à Paris, convoités par plus de cinq mille demandeurs. Vous avez ensuite et encore refusé beaucoup de ce qui vous était proposé. Vous ne faites pas assez confiance Elsa à ce qui vous entoure. »

Il a vu ma grimace, et il a poursuivi d'un ton apaisant, affectueux presque.

« Ensuite j'ai fait le nécessaire pour vous obtenir un poste. J'aurais souhaité pour vous un autre Ministère, mais il m'eût fallu plusieurs mois et non les simples quinze jours au bout desquels j'ai obtenu votre intégration ici. Le hasard m'a alors desservi puisque vous vous êtes retrouvée, sans que je le sache, au service de ce pauvre Hautecour, avec la possibilité d'accéder à des dossiers que j'aurais préféré, je l'avoue, soustraire à votre connaissance. Lorsque je m'en suis rendu compte, malgré une tentative, je vous ai finalement laissé faire. J'aimais votre sens de l'action, votre volonté, votre rébellion, et tout ce que vous étiez capable de supporter pour atteindre votre unique but. J'aimais votre ténacité, et je m'étais attaché à vous à force de vous observer, de faire jouer mes relations pour vous, vous étiez devenu ma troisième fille. La petite dernière, celle à laquelle on passe tous les caprices. La plus proche de moi. »

Je lui ai écrit « Pourquoi n'êtes-vous pas venu me voir ? »

« J'ai plusieurs fois reculé... Il serait malhonnête aussi de vous dissimuler, autant qu'à moi-même, qu'on est aussi prisonnier du monde et des plaisirs, fussent-ils souterrains, dont nous jouissons. Je redoutais qu'on use de cet acte de lâcheté, et de vous, pour m'abattre. J'avais verrouillé l'enquête pour qu'on ne remonte pas jusqu'à moi. »

Il s'interrompit quelques secondes. Le jour baissait rapidement sous les lourds nuages gris qui envahissaient le ciel.

« Vous ne croirez peut-être pas, Elsa, qu'un homme de pouvoir puisse avoir des remords, mais j'ai pensé à vos souffrances chaque jour. Plus je faisais de choses pour vous, plus j'avais de la peine. Au lieu du calme recherché, la honte me rongeait. Je suis venu une fois à Bagnères, vous n'étiez pas dans votre chambre. La 142. Il fallait attendre 17h00 pour vous rencontrer. J'ai attendu, je suis parti cinq minutes avant votre retour. »

Ai griffonné : « Difficile de vous croire. »

Il s'est approché et a posé sa large main sur mon fauteuil.

« Vous savez aujourd'hui, je parle plus pour moi-même que pour vous, et à mon âge, on a arrêté de se mentir. Une dernière chose encore, je suis catholique, croyant et même pratiquant. Si cela représente quelque chose pour vous, cela vous éclairera sur la façon dont j'ai pu traverser ces dernières années. Et sur le poids immense qui me quitte en implorant votre pardon. »

Sa voix était devenue basse, comme le jour qui s'était évanoui derrière les vitres. Il y eut un long silence calme. J'ai voulu lui poser une autre question. « Pourquoi aujourd'hui ? ». Il a soupiré :

« Parce qu'avec votre acolyte, vous êtes en train de commettre de grosses bêtises que j'aurais bientôt du mal à étouffer. Surtout si elles continuent ! Vous êtes tellement discrets que même un flic stagiaire remonterait jusqu'à vous en une journée. Remarquez que je n'éprouve aucune sympathie pour cet avocat véreux, ni pour la conduite cavalière de votre ancien fiancé. »

J'ai souri, pensant au Président des Kinés que rien ne reliait à nous. Etait-il mort ? Avait-il fourni un témoignage qui n'avait encore été recoupé. Le Sénateur crut que je riais de l'avocat et de mon Ex.

– Ils ont été punis, mais il faut maintenant cesser. Ni vous ni Parpot n'en échapperaient longtemps.

« Et Hautecour ? » j'ai écrit.

« Ce pauvre Hautecour sera de retour dans un mois. Existe-t-il un seul l'homme qui ne mérite pas une bonne correction ? Lui n'aura pas eu la chance de l'éviter sur terre. Laissez-le seul choisir l'acte qu'il est en train de payer, et oubliez-le. Acceptez d'être soignée comme je l'entends par les médecins que je vous présenterai... Et pardonnez-moi un jour si vous le pouvez... De toute façon, mon sort politique est désormais entre vos mains et pour cela au moins, je me sens libre. »

Il a mis un genou à terre et a embrassé ma main.

Je lui ai tendu un dernier papier comme pour m'assurer définitivement de sa sincérité : "Qui était avec vous dans la voiture ? » Il a répondu immédiatement et sans faux-fuyant :

« Madame Jouve. »

J'ai marqué un temps de silence, surprise. Puis j'ai articulé lentement, mais sans hésiter, syllabe après syllabe, avec une application jamais égalée :

« Au-jour-d-hui-main-te-nant-je-peux-vous-par-don-ner ».

Et j'ai pleuré, pleuré, pleuré une heure entière. Il a pressé ma tête entre ses mains, contre lui.

Le calme est peu à peu revenu en moi, lentement d'une profondeur insoupçonnée. Le Sénateur était reparti depuis plusieurs minutes, je restais là au milieu du grand bureau luxueux de M. de Pellepoix, sans bouger. Cet apaisement tant désiré, était là, disponible, à ma portée. J'étais ce que j'étais, ma vie était finie, mais je n'avais plus ce rideau de ténèbres devant les yeux. L'avenir m'importait peu, ne m'indisposait plus. Il était à venir, et serait de courte durée quel qu'il fût.

CAHIER D'ELSA CHAUVIERE

Barthélémy n'a pas été ravi de l'aveu du Sénateur, mais simplement content de me voir soudain libérée. Il avait commencé à élaborer un plan compliqué, et ça le contrariait de l'abandonner bien qu'il n'ait pas osé me le dire. Il avait pris goût à l'action et moi, il me plaisait de le voir s'affirmer. Il était bizarrement devenu le héros des quotas, et ça le confortait dans son nouveau personnage.

Hier il avait pris un jour de congé pour décorer son appartement parce que je lui avais promis d'aller dîner chez lui ce soir. Nous sommes partis du bureau dans sa voiture vers 17h00, et nous avons emprunté l'avenue des Ternes. En passant devant la Fédération de la Montagne, j'ai montré à Barthélémy la fenêtre où je travaillais avant mon accident. Il a regardé, a failli accrocher un cycliste, puis en tournant à droite il a pris le chemin que j'empruntais autrefois pour rentrer chez moi. Les rues s'enchaînaient par un douloureux hasard. Je ne les avais plus parcourues depuis l'accident. À Pereire, il prit vers l'avenue du Roule alors que j'avais dégoté un raccourci par la rue de Sablonville, mais très vite je compris que nous allions tout de même déboucher sur la place Rostand de Courbevoie. Le soleil qui transperçait quelques nuages bas, et le fond du ciel presque orageux, offraient une luminosité rare qui donnait de la beauté aux tours de verre. Jamais je n'étais repassée sur cette place depuis le 30 Mai 1993. Trois ans déjà. Trois ans perdus, volés. Il était aussi 17h15 comme ce jour-là avec des couleurs du ciel identiques comme par provocation. Je l'ai écrit à Barthélémy pour conjurer l'angoisse qui soudain m'envahissait et m'empêchait presque de respirer. Nous en étions à cent mètres et le flot des voitures était étrangement fluide comme le 30 Mai 1993. La scène avançait vers moi. Je paniquais. J'étais trois ans en arrière. Nous y étions. Et le feu rouge. Et Parpot qui lisait lentement le papier que je lui avais tendu. Parce que mal écrit. Parce que tremblé à cause des secousses de la voiture. Le feu rouge était encore rouge.

Nous en étions à dix mètres sans voiture arrêtée devant nous. Ai crié. Ai hurlé. Parpot a sursauté. Etions déjà engagés. Une voiture qui freine à notre droite. Le 51 vert rutilant sous le soleil tourne vers nous. Un piéton qui fait un geste furieux, une deuxième et troisième voiture qui freinent. Le 51 qui poursuit sa route derrière nous. Nous, sortis du carrefour. J'en hurle encore de désespoir et de folie. Parpot, l'air sûr de lui, pose sa main sur ma jambe et dit d'un ton assuré :

« T'en fais pas, j'ai toujours eu beaucoup de chance en voiture. Je suis passé des centaines de fois par là… Et même avant que j'y habite, je conduisais un ami de M. Hautecour au Sofitel qui est derrière. Alors je te jure que le 51 ne te fera plus jamais rien quand tu seras avec moi. Je l'ai croisé des dizaines de fois sans problème. »

Mon coeur battait à tout rompre. Il n'y avait rien à ajouter. Rien à dire. Je m'étais retournée. Le carrefour respirait normalement. Aucun attroupement. Aucun choc. Que le mien. Que le mien…

Ai exigé qu'il me raccompagne. Trop dur. En pouvais plus. Besoin de solitude. De pleurer encore. N'en finirai donc jamais. Jamais.

Barthélémy avait perdu de sa suffisance. Il s'excusait, il ne l'avait pas fait exprès de griller ce feu. Il ne le faisait jamais exprès. Il jurait de faire attention quand il serait avec moi. Mais il disait qu'il avait toujours été ainsi. Il s'excusait encore. Il pleurait. Il voulait, suppliait que je vienne quand même chez lui. Ai menti. Ai prétexté mal de tête, mal de cou, le stress avait réveillé toutes les douleurs. Il a fait semblant de me croire. Ai obtenu d'être déposée dans station de taxi. L'ai tendrement embrassé en lui caressant les cheveux. Puis suis partie dans taxi 3312 BFE 92. Macaron transparent collé sur vitre arrière. Lui ai presque fait faire tour de Paris, six kilomètres de plus, pour éviter la place Rostand. Le chauffeur a pas compris. A maugréé « caprice d'infirme » ou « caprice de femme ». Ai mal saisi.

« J'étais en face d'Elsa. J'hésitais à lui parler pourtant je savais que j'allais lui répondre. Elle n'attendait pas d'explication, juste un « oui » ou la désignation d'un autre. Son visage était étrangement apaisé et calme. Elle avait retrouvé une douceur qui contrastait avec l'acuité et la tension qu'elle avait manifestées depuis son arrivée.

« Elle était entrée dans mon bureau calmement en glissant son chariot entre les deux chaises. Elle m'avait souri et serré la main avec douceur. Puis elle m'avait donné un papier, et d'une mimique du visage m'avait invitée à le lire.

« Je sais que vous étiez avec le Sénateur dans la R25 qui a grillé le feu le 30 Mai 1993 à 17h15 place Edmond Rostand à Courbevoie. Je veux savoir si c'était bien Barthélémy qui conduisait ?"

« Il y avait toujours ce silence que je n'arrivais pas à rompre. Les yeux d'Elsa ne me quittaient pas, ils n'affichaient ni dureté ni appréhension, simplement de la patience. Ou plutôt l'impatience d'en finir. Il m'était difficile de répondre, de dénoncer Barthélémy parce que je ne voulais lui attirer ni ennuis ni tristesse. Le silence devenait trop pesant. Elsa a sorti un deuxième papier.

« Je ne lui ferai jamais aucun mal. Je ne lui dirai même pas que je le sais. Je connais la bonté de Barthélémy et son innocence, mais j'ai besoin de savoir. De savoir pour moi seule.

« Elle disait la vérité. Il n'y avait qu'à voir ses yeux battus pour s'en persuader. J'ai incliné la tête avec un pâle sourire, pour lui dire que j'allais répondre, mais qu'elle m'accorde quelques secondes de répit.

« Le Sénateur lui avait donc avoué et pour lui et pour moi, cherchant seulement à préserver Parpot de la tourmente. Sans doute parce qu'il était innocent bien que coupable, alors que nous étions coupables bien qu'innocents.

« Laurence est entrée à ce moment, sans frapper, et a exigé que je lui apporte dans son bureau le dossier

« Marbleu » mis à jour. Avant 11 h 00, avait-elle ajouté d'un ton morveux. Elsa a alors saisi l'encrier ouvert sur mon bureau et d'un geste aussi précis que soudain, le lui a lancé au visage. Laurence en est restée figée, l'encre noire dégoulinait de ses cheveux sur son tailleur Chanel. Puis elle est partie en hurlant qu'elle allait le payer cher. J'ai dit à Elsa qu'elle s'était acheté ce tailleur pour être dans le rôle de sa nomination. Je lui ai dit aussi que je l'aiderais avec mon témoignage. Elsa m'a écrit : « Inutile, je n'ai plus rien à faire ici ! », et je lui ai répondu :

« C'est bien Barthélémy qui conduisait ce jour-là. »

Elle a articulé péniblement :

« Au fond de moi, je le savais.

– Mais il ne s'est rendu compte de rien. Il conduisait très mal. Nous le prenions car le Sénateur ne voulait pas être vu montant dans un taxi avec moi. Parpot avait les clés de la voiture d'Hautecour qui était à l'hôpital, il suffisait de descendre au parking, de nous glisser dans la R25 aux vitres fumées. Ensuite le Sénateur repartait et Parpot me ramenait. Ce jour-là, il a grillé le feu, comme ça lui arrivait parfois, par inattention et distraction. Il n'a rien remarqué. le Sénateur et moi avons entendu le bruit, nous nous sommes retournés et avons vu la voiture encastrée sous le bus. Nos regards se sont croisés, nous étions déjà à deux cents mètres de l'accident. Ni lui ni moi n'avons parlé. Juste ce silence. Ce n'était pas à moi à le rompre. Enfin je le croyais. Nous n'avons pas fait l'amour ce jour-là. Ni les jours qui ont suivi. Ni jamais. Le Sénateur a vu je ne sais quel avertissement divin dans cet accident. La punition d'un innocent pour expier ses fautes. Il a mis fin à notre relation, en un tour de main, et plus jamais je ne l'ai revu car il a dès lors évité de venir au Ministère. »

« Je me suis arrêtée de parler. Elsa m'a souri comme pour me remercier. Mais je n'avais pas fini et aujourd'hui que le barrage cédait, je voulais aller jusqu'au bout.

« Ce fut mon dernier amant et mon dernier amour. Il avait remplacé Hautecour parce que les passions ne brisent jamais les années. Je savais que j'avais été au bout de ma vie parce que j'avais connu trois grandes et vraies passions et que dans une vie, il n'y a pas de place pour d'autres. Cela me semblait déjà beaucoup, et peut-être puis-je dire pour cela que j'ai eu une belle vie. J'ai souffert des mois, des années. Je ne sais combien de mes nuits elles ont troublé, ni combien de cachets je leur dois. Maintenant bizarrement et sans doute grâce à vous, grâce à tout ce que vous avez bousculé et révélé, tel un ange descendu du ciel, je ressens un apaisement, je regarde mon histoire comme une prisonnière qu'on aurait enfin libérée de ses chaînes.

« Elsa a tendu sa main vers la mienne. Nos doigts se sont noués par-dessus mon bureau. Puis elle a rapidement griffonné quelques mots. « Venez m'embrasser », m'a-t-elle écrit.

« Il était temps. Effectivement. »

Barthélémy Parpot
19 avenue de Verdun - 92000 NANTERRE
à

Elsa Chauvière
3 rue Pernety 75014 Paris

le 12 Février 97

Ma petite Elsa chérie de ma vie,

J'écris pour la première fois de ma vie une lettre d'amour et je ne sais pas trop comment je dois m'y prendre ni ce que je dois y mettre mais je me dis que ce sera une nouvelle chose de plus que j'aurai apprise grâce à toi.

Auparavant et même si je te l'ai déjà dit une fois où tu n'avais pas les yeux qui m'écoutaient, je dois t'avouer avec honte que la première fois qu'on m'a dit que je devais être avec toi, après décision secrète de la Commission des Quotas, je n'ai pas été content parce que je rêvais d'une femme normale avec quatre membres qui marchent et tout le reste. Tu vois même moins jolie du visage que toi, ou avec des seins au nombril, ça me convenait mieux à cause des idées toutes prêtes qu'on a tous dans la tête.

Et puis bizarrement, jour après jour, en étant avec toi, en m'occupant de ton fauteuil, en descendant tes cartons des étagères des archives, en écoutant tous tes bouts de papier, j'ai commencé à penser à toi quand tu n'étais pas là, puis à penser tout le temps à toi, au point que rien n'avait d'importance que la prochaine fois où j'allais te voir. Mais je savais pas que c'était cet état de manque qu'on appelle l'amour, parce que dans les livres c'est toujours raconté différemment, avec d'autres mots, et dans la vérité de la vie, c'est finalement plus simple d'être amoureux, et plus pénible aussi.

Et cette première nuit où on a été chez toi, à dormir et à

se réveiller ensemble, j'avais jamais vécu, je te le jure, ça comme ça avec une femme pour de vrai, dans la simplicité du grand bonheur, et j'en rêve encore chaque nuit toutes les nuits depuis ce jour heureux.

J'ai changé grâce à toi, et je ne suis plus celui qui était devant toi le jour où tu es arrivée au Ministère. Et même moi, j'ai du mal à me croire quand je pense que j'ai pu renverser un ex-fiancé ou forcer l'appartement du Président des Kinés avec un pistolet à la main. Les actions transforment les gens plus que ce qu'ils disent ou pensent. Et moi maintenant dans la vie de tous les jours, je ne me reconnais plus. Je dis aux gens ce que je pense, et je fais ce que je décide. C'est étonnant car avant je n'avais aucune décision. Tout restait toujours bloqué à cause de la peur de vexer les autres, ou d'être surtout moi-même mal vu et mal aimé donc. Aujourd'hui tout est plus facile, car j'arrive à me moquer des autres, du moment que je sens dans ton regard la chaleur et même l'amour, je crois, enfin ça je n'en suis pas sûr, encore que l'autre soir voudrait bien le prouver mais on est jamais assez prudent avec les choses graves.

Je t'aime ma petite Elsa, adorée de mes jours, chérie de mes nuits, l'unique entre toutes, la seule de toute ma vie entière, ma certitude contre tous les mensonges quotidiens. Plus que de vivre et de respirer, je sais que je t'aime. Je ne suis que ce que je suis. J'ai changé parce que ta force m'habite, mais je suis toujours pas très beau, sans conversation, intelligent au-dessous de la moyenne, sans l'humour qui fait rire les femmes. J'ai que ça à donner plus l'amour immense qui m'habite, car il y a une chose au monde dont je suis sûr par-dessus tout, c'est que jamais un homme sur cette terre t'aimera autant que je t'aime.

Je ne serai jamais un grand savant ni un grand réfléchisseur mais simplement ton immense amoureux. Et même si tu me refuses, je ne serai et ne pourrai être que cela jusqu'à la fin de mes jours. Tu avais un Destin, j'en ai désormais un et c'est toi. Qu'il soit heureux ou malheureux, c'est lui qui me colle à la peau et je ne veux pas en changer car je sais qu'il me serait plus agréable de souffrir par toi que d'être heureux avec une autre. Tu vois qu'avec mes pensées, le choix que tu veux faire entre l'amour passion de quelques semaines qui nous brûlent et consument comme tu dis, et qui occupent les rêves et les souvenirs de toute une vie, et l'amour conjugal que tu dis ennuyeux et tendre et lassant et monotone qui laisse de l'amertume, est bien dépassé pour moi tellement je suis pour l'amour passion qui dure chaque jour tous les jours de la vie et fait de beaux souvenirs et de beaux bonheurs tout le temps. Je n'ai pas assez d'expérience pour savoir si c'est possible, et les deux personnes que j'avais alors consultées à ce sujet étaient plutôt de ton avis. De toutes les façons on a pas besoin d'expérience pour avoir des certitudes vraies, et donc pour moi ce sera la passion à vie.

Et puis tu dois bien penser qu'en fauteuil roulant, tu as besoin d'un compagnon tous les jours pour le restant de ta vie, et je crois que tant pis, il vaut mieux que tu choisisses de m'épouser.

C'est pourquoi j'ai l'honneur de te demander en mariage. Pourrais-tu transmettre ma lettre de demande à ton père, puisqu'il doit dire oui aussi et que j'ai pas son adresse.

Il me tarde d'avoir ta réponse finale et qu'on fasse les projets d'un couple qui va vivre pour la vie ensemble, le bonheur paisible puisque c'est ce qu'on aura choisi finalement même si on a bien hésité.

Je t'aime,
Barthélémy

CAHIER D'ELSA CHAUVIERE

Y suis retournée. Ce matin, seule. Toujours même cérémonial. Salle d'attente pleine et attente sans fin. Puis l'infirmière qui me prépare. La gentille n'est plus là.

Suis à moitié nue sur le siège avec des électrodes partout, des pieds aux hanches aux épaules et à la tête. Le docteur dit à peine bonjour sans me regarder. Je ne réponds pas. Le rituel dure vingt minutes. Des impulsions me parcourent. Ce n'est pas douloureux. À peine désagréable. Les ordinateurs recalculent, rectifient et crachent chiffres, images et courbes. Puis le verdict, comme dans une Cour d'Assises. Il est là négligemment assis sur le coin de son bureau. Il agite les feuilles, les regarde plus attentivement, et vous dit de ne pas vous en faire, que tout se poursuit normalement, et que d'ici trois ou quatre ans, cela sera un mauvais cauchemar.

Sauf qu'aujourd'hui, il les regarde plusieurs fois, ressort celles du mois précédent, puis celles d'avant encore. Il hoche la tête, me regarde froidement et dit « Ce n'est pas bon tout ça ». Puis encore réexamen minutieux. « Je ne suis pas très content de vous. Les écarts différentiels n'ont pas bougé, et j'aperçois quelques indices régressifs. Il ne faudra pas que cela perdure si nous voulons nous en sortir, quitter ce chariot et parler correctement. Sinon il faudra envisager un soutien dans un Centre spécialisé. » Ce crétin me parle comme à une enfant de douze ans. Il peut me le dire en face que ça coince, que la progression est stoppée et la récession entamée. Quant à son centre, c'est l'enfermement pour mourir à l'écart dans quelques années. Veux pas y aller. Ai peur. Ai si peur mais je tiens tête devant ce malotru. « Si nous voulons nous en sortir » sauf que lui il s'en bat les oreilles. Moi seule suis dans la nasse.

Je ne peux le dire à personne. Les doigts qui se recro-quevillent, les articulations qui se bloquent et qui n'autorisent que d'infimes mouvements inutiles à la vie, les mâchoires qui s'entrouvrent douloureusement, le cou rigide… Seuls le cœur et les poumons continueront traîtreusement à fonctionner.

Il m'a doublé les doses, m'a dit de vouloir la vie, de me battre, que ça se jouait aussi dans ma tête. Il ne m'a pas caché que s'il n'y avait pas un renversement dans les deux prochains mois, le diagnostic serait très pessimiste. Comme cela est bien dit.

Suis repartie altière, sans un mot de soumission, mais passé le porche, dans le taxi qui me ramenait, j'ai éclaté en sanglots impossibles à contenir. C'est mon lourd et horrible secret. Je ne le dirai ni à mes parents ni à mon Barthélémy car c'est inutile de semer le malheur autour de moi. Je ne sais même pas si j'irai, la semaine prochaine, à ces deux rendez-vous que m'a pris le Sénateur avec ses amis, les soi-disant grands Professeurs.

Non. J'irai plutôt voir mon papa chéri. J'irai l'embrasser et le consoler. J'ai été si dure avec lui ces derniers mois. Lui qui m'a toujours donné le meilleur de la vie. Lui qui a consolé tous mes chagrins, qui venait m'attendre à minuit pour ne pas que je rentre avec des jeunes gens ivres. Il me manque à nouveau. Suis malheureuse pour lui. Il s'est brisé devant mon lit d'hôpital. Soudain il n'y avait plus sa force magique pour me remonter. Ses larmes me transperçaient le coeur. M'en veux de l'avoir si durement repoussé depuis l'accident. Je veux l'appeler, l'avoir avec moi. Quelques heures. Mon petit papa. Pourquoi avoir refusé son épaule ? C'est si simple avec lui. C'était si simple.

Je dois aussi répondre à mon pauvre Barthélémy et le préserver. Cet insignifiant aura été l'être le plus humain que j'aurais jamais rencontré. Je crains qu'il faille être au fond du malheur pour repérer ces justes. Dans la vie autre, la normale, ils passent inaperçus. Il faut aimer les insignifiants, oui aimer les gens capables d'amour véritable. Eux seuls le méritent !

ELSA CHAUVIERE
3 rue Pernety
75014 PARIS

Le 27 Février 97

Mon petit Barthélémy,

Ta lettre était belle, sincère et touchante. Cependant j'ai choisi pour nous la première solution.

Je ne t'épouserai pas mais nous vivrons trois jolis mois ensemble, amoureux dans les rues de Paris, et amants dans les draps de lit à la tombée de la nuit.

Le 31 Mai, à minuit, telle Cendrillon, je disparaîtrai. Ensuite tant pis, chacun suivra sa voie.

Le mariage est trop ennuyeux à la longue et efface les beaux souvenirs qui l'ont précédé. De plus, hors les enfants, le mariage et la vie commune n'ont aucun sens. Je ne peux pas avoir d'enfants, alors choisissons les moments heureux.

Moi aussi je t'aime profondément, à ma façon, comme tu ne peux l'imaginer. Sache simplement que tu as été, que tu es, et que tu seras le dernier, le plus vrai et le plus merveilleux amant de ma vie.

Demain 28 février, je viendrai chez toi avec ma valise.

Tendrement et définitivement tienne,

Ton Elsa.

Notification de Prise en Charge

Mlle Elsa CHAUVIERE reçoit l'agrément
CFG045
de prise en charge à 100 % des soins et de séjour en Centre Hypermédicalisé (UMR INSERM 425) à compter du 01.06.97.

Renouvellement de prise en charge annuel, automatique sur présentation du dossier par le chef de clinique agréé.

Dr Bourgadier.

« Je la ferai changer d'avis parce que trois mois de bonheur dans toute une vie, c'est pas assez surtout après trente-sept ans d'attente quotidienne. Je sais que c'est difficile mais je lui rendrai la vie facile et je lui donnerai de l'envie et je la conduirai partout où elle voudra. Et peut-être même qu'avec les médecins et les remèdes, elle pourra vite se remettre à parler sans les papiers et qu'on pourra se raconter plein de choses. Et trois mois ça suffira pas à tout se dire, surtout pour moi qui ai beaucoup accumulé depuis trente-sept ans.

« Je la ferai changer d'avis parce que je ne suis plus le Parpot d'avant elle. Elle m'a transformé. Je sais qu'en voulant on peut, je sais que je n'ai plus peur d'agir, je sais qu'on peut vivre sans faire plaisir à tous les gens qu'on croise du moment qu'on peut lui faire plaisir à elle. Je sais qu'on meurt pas à dire non aux autres et à leur rendre le mal qu'ils nous font. J'ai réussi un impossible avec l'amour d'Elsa et quand on a fait une chose incroyable, on peut la refaire et deux fois et trois fois et mille fois, et c'est à chaque fois plus facile. Alors avec le très difficile réussi, le moins difficile ne pourra pas m'échapper… Surtout que dans la Bible que ma maman m'a laissée, il est dit qu'avec les paraboles et la foi, on fait des miracles. Je m'entraîne tous les soirs à la lire, et j'applique aussi les explications du Père Dom Clément qui dit qu'il ne faut pas avoir peur de se mettre à la place du Christ et d'imaginer les paroles qu'il prononcerait, et comme ça on peut bien comprendre l'amour de son prochain. Et aussi de sa prochaine qui est Elsa Chauvière.

« Oui c'est sûr ! Maintenant je suis sûr que je la convaincrai, que je la persuaderai, que je lui donnerai l'envie. Je l'emporterai au-delà de ces trois mois, dans tous les longs mois avenir de la vie. Sinon à quoi bon ? »

NT/EVANGILE SELON ST MATTHIEU 9 27-31

LES DEUX AVEUGLES

Comme Parpot passait plus loin, Robert et Jacques le suivirent en criant « Aie pitié de nous, Fils du Quota ». Quand il fut arrivé près du Ministère, les aveugles s'approchèrent de lui. Parpot leur dit : « Croyez vous que je puisse faire cela ? ». Eux de dire « Oui, Seigneur ». Alors il leur toucha les yeux en disant « Qu'il vous soit fait selon votre foi ». Leurs yeux s'ouvrirent et Parpot leur dit d'un ton sévère « Faites en sorte que personne ne le sache ».

GUÉRISON D'UN POLIOMYELITIQUE

Quand il descendit la rue Marboeuf, des foules nombreuses le suivirent. Il fut alors abordé par Raymond le poliomyélitique qui se prosterna devant lui en disant « Seigneur si tu veux me guérir, tu peux me guérir ». Parpot étendit sa main, le toucha et dit « Sois guéri, je le veux » et aussitôt la poliomyélite fut guérie. Parpot lui dit « Garde toi d'en parler à personne mais va te montrer à Hautecour et ce sera pour lui une attestation ».

LA PARALYTIQUE DE CAPHARNAUM

On vint lui présenter une paralytique, assise sur un fauteuil roulant. Voyant leur foi, Parpot dit à la paralytique « Confiance ma petite Elsa, tes péchés seront remis ». Là-dessus quelques fonctionnaires se dirent en eux-mêmes « Cet homme blasphème ». Et Parpot qui pénétrait leurs pensées, leur dit : « Pourquoi pensez-vous à mal intérieurement ? Quel est en effet le plus facile de dire : tes péchés te sont remis ? ou de dire : Lève toi et Marche ? Mais pour que vous sachiez que le Fils de l'homme a, sur la terre, le pouvoir de remettre les péchés. Je dis : « Lève-toi, prends ton fauteuil et va-t-en chez toi ». Elsa se dressa et s'en alla chez elle en lui souriant, avec un petit signe de la main. À cette vue, les foules furent prises de crainte et glorifièrent Parpot qui avait un tel pouvoir.

Achevé d'imprimer
fin juillet 1996
sur les presses de
l'Imprimerie A. Robert
116, bd de la Pomme
13011 Marseille

Dépôt légal : août 1996